論創海外ミステリ
326

欲得ずくの殺人

ヘレン・ライリー

清水裕子［訳］

論創社

Dead for a Ducat
1939
by Helen Reilly

目次

欲得ずくの殺人 5
訳者あとがき 213
解説 絵夢 恵 217

主要登場人物

ルーファス・ナイト……………………織維王
ダフネ・ブレヴァン……………………ルーファスの孫娘
ヒラリー・ブレヴァン…………………ダフネの父
ナン・ブレヴァン………………………ダフネの継母。ヒラリーの妻
アンドリュー・ストーム………………弁護士
ローズ・ノースロップ…………………ルーファスの従妹。ナイト邸の家政婦兼相談相手
リチャード・セイヤー…………………ルーファスの主治医
フーパー…………………………………執事
ドリス……………………………………女中
ギルブレス………………………………化学研究員
ヴィスクニスキ…………………………コネチカット州警察警部
トッドハンター…………………………ニューヨーク市警マンハッタン殺人捜査課刑事
シルヴィア・スタージス………………元女優。ヒラリーの友人
ネヴィル・ワッツ………………………シルヴィアの甥
ブロートン………………………………コネチカット州検事補
グラウト…………………………………ルーファスの顧問弁護士
ロジャー・ケアリー……………………ニューヨーク市警察委員長
クリストファー・マッキー……………ニューヨーク市警マンハッタン殺人捜査課警視

欲得ずくの殺人

第一章

ダフネ・ブレヴァンは以前から恐れるようになっていたその美しい部屋、つまり、コネチカット丘陵地帯のクリフトップにある豪華なジョージアン邸宅の祖父の書斎で、月曜日に明らかになる事柄を知らなかった。だが知っていたところで結果に大差はなかっただろう。すでにダメージを受けていたからだ。その状況は災いの種、言い換えれば嫉妬、憎しみ、強欲、恐れ――そしてより予想が難しくはるかに危険な感情の種を内包していた。

のちにコネチカット州当局の興味を引いたのは、ダフネ以外の家の者たちは知っていたという事実だった。家の者たちとは、ルーファス・ナイト以外では彼の義理の息子でダフネの父親であるヒラリー・ブレヴァン。これは地元銀行の副頭取をしているハンサムで品の良い五十代前半の男だ。そしてその美貌の後妻でダフネの継母ナン、それからルーファスの従妹で家政婦兼相談相手のローズ・ノースロップである。

基本的にはごく単純な状況だった。ルーファス・ナイトは大富豪、ダフネ・ブレヴァンはその孫で相続人である。ナイトが使っているニューヨークの法律事務所で働く若き弁護士アンドリュー・ストームが、この七十六歳の繊維王の法務手続きを行うために半年以上前にクリフトップにやってきた。彼は一晩、屋敷に宿泊し、それから近くにある狩猟クラブで六週間の休暇を過ごした。彼はダフネ・

ブレヴァンに恋をし、ダフネも彼に恋をした――ところがそこに災いの種があった。アンドリュー・ストームが貧乏で素性の知れない若者だったからではない。彼がコルビー一族の人間で、ダフネの祖父ルーファスがこの世で一番嫌っているのがコルビー一族だったからである。四十年前、イソベル・コルビーは結婚式の祭壇前でルーファスを袖にした。以来ルーファスはイソベルを許さず、アンドリューはそのイソベルの息子なのだ。

ルーファスと直接、会って話をしていた折に、アンドリューが出自を明かしたところ二人は激しい口論となった。部屋から出て、ダフネに声をかけることもなく屋敷を立ち去ったアンドリューは狩猟クラブへ戻り、荷物をまとめてグリーンデールからいなくなった。それが十一月のことである。ダフネはそれからアンドリューに会っておらず、連絡もないままだった。

その翌年四月十八日の午後四時過ぎ、ローズ・ノースロップは老執事フーパーにダフネを呼びに行かせた。ダフネは自分の部屋で散歩に出かける準備をしているときに、フーパーにドアをノックされた。

フーパーは言った。「ノースロップさまが下でお会いしたいとのことです、お嬢さま」フーパーの口調は礼儀正しく、目には憐れみが浮かんでいた。使用人たちは一人残らずこの若き孫娘に同情していたのだ。彼らはみなダフネのことが大好きだったし、この状況にはロマンチックな要素があったが、使用人たちはみな厳命を受けていて、それに背くことは許されなかった……。

ダフネはため息をつくと上着をわきに放り投げ、赤毛の頭から小さな緑色の帽子を取って椅子の上に放った。「わかったわ、フーパー」

ダフネはこのようなこと、つまり土壇場で予定を変更させられることに慣れていた。それに逆らうより、従うほうが楽だった。たいした問題ではない。ダフネが物憂げに階段を下りていくと、白い板張りの広々としたホールのライラックの香り漂う薄暗がりのなかでローズが待っていた。ずんぐりした体にわざわざ不格好な黒のガウンを堅苦しく着こみ、がっしりした両肩の上の生気のない大きな顔はすべてが少し曲がっている。目も、鼻も、口も。そればかりかまばらになった白髪頭にかぶっている灰色がかった茶のかつら《トゥーペ》までもが少し傾いていた。

そのことに重大な意味があるとは思わなかったが、このときのローズは疲れていながらも興奮し、緊張しているようだった。たびたび舌の先で乾いた唇を湿らし、睡眠不足で充血したまつ毛のない瞳はまばたきを繰り返している。持病の胃痛を起こした祖父に、ほとんど徹夜で付き添っていたのだ。

ローズは言った。「ダフネ、おじいさまの付き添いをお願い。いまうとうとなさっているから起こさないように、そしてだれにも安眠を妨げさせないで。まだ具合が良くないから」

ダフネはうなずいた。しかしローズのほうは見なかった。ダフネはそうできるときにはけっしてローズを見ないようにしていた。ダフネの母代わりになり、幼児期からともに暮らしてきたこの人に対する感情は、憐れみの入り混じった一種の嫌悪だった。ダフネの実母はルーファスの一人娘で、ダフネが幼いころに亡くなっていた。祖父ルーファスはすでに妻を失っており、鉱山技師をしていたダフネの父は当時、南米にいた。ダフネは今後も祖父のもとで暮らすべきだと決められ、祖父はローズを呼び寄せた。この取り決めは半永久的なものとなり、それ以降、ローズはクリフトップで暮らしていた。

ローズは手に持った大きな黒革のハンドバッグを指先で突つきながら、いらいらした様子で話し続けた。「セイヤー先生ったらどうしてこんなに遅いんだろう。診療所に三度も電話したのに。できるだけ早く先生におじいさまを見ていただきたいの。現状は到底、満足できるものではないわ。あたくしは上へ行ってしばらく横になるから——先生が来たらすぐに知らせて。忘れないで。セイヤー先生が来たらすぐにあたくしを呼ぶのよ」

「そういうことなら……たっぷりお昼寝できるわ。先生は診療所の開いている時間には来られっこないもの」ダフネはそう言うと、書斎に入った。

深紅の革張り家具、古い梁、本が並ぶ六フィート（約一八三センチ）の切り込み溝《ディドー》、だれも読まない豪華装丁本シリーズが数種類、巨大な暖炉に西向き窓下の赤革張りの大きなベンチ。祖父は暖炉横の椅子で眠っていた。がっしりとした熊のような上体をまっすぐに伸ばし、小さな両手で肘置きを握りしめ、小さな足先は膝に掛けた毛布の下で形よく交差されていて、小さく丸い頭はいつでも起きられそうな角度でクッションに預けられている。まるで眠っているときでさえくつろげないかのようだ。七十歳をゆうに超えながら祖父はあいかわらず頑固で、矍鑠《かくしゃく》として、大胆で、抜け目なく精力的な実業家だった。一介の職人から眼下の地に複数の工場を所有するまでにのし上がり、使い切れないほどの金と手に余るほどの権力を持っていて——息を引き取るまで絶対にこの二つを手放すつもりはない、それが祖父の口癖だった。

ダフネはその窓下のベンチに腰掛けると、雑誌を開いて読もうとした。しかしページに集中することが出来なかった。この部屋が大嫌いだったのだ。アンドリューと祖父が口論になったのもこの部屋だった。五カ月前、アンドリューはこの部屋からよろよろと出ていった。大きな瞳に暗い怒りをたぎらせ、歯を食いしばり、口元を醜く歪ませて、祖父に杖で殴りつけられた片頬から血を滴らせながら。

アンドリューはホールで待っていたダフネにことばをかけることも、目を向けることもなく、彼女などいないかのように通り過ぎた。そのまま立ち去り、戻ってこなかったのである。

　ダフネは薄暗がりのなか炉棚の上に飾られた肖像画を見た。それは青いドレスを着た少女の肖像画で、その少女はかつてのイソベル・コルビーだった。アンドリューの母親であり、彼女の先祖がこの屋敷を建てたのだ。祖父がその肖像画を飾り続けているのはイソベルを憎んでいて、自らの勝利を永遠に見せつけてやりたいからなのだ。イソベルは恐れていなかった。ルーファスのことも——破産も——彼女の衝動的な行動が破産を招いたのだ。現在、ダフネの祖父が所有しているすべてのもの、すなわち、この屋敷も低地にある繊維工場も、かつてはコルビー一族のイソベルとその兄マイケルのものだったのである。ダフネの祖父は彼らからありとあらゆる財産を奪い取る立場になると、完膚なきまでにそれをやり遂げた。アンドリューはイソベルの息子である。アンドリューは祖父を恐れていた。

　ダフネは初め信じようとはしなかった。みんな、つまり祖父とローズ——さらにはよりやんわりとではあるが父とナン——からアンドリューはこれまでもいまもダフネに恋してはいないし——やがてダフネが相続する巨万の富に恋をしているだけで、ダフネとの結婚によってそれが手に入らないとなればきっと心変わりするだろうと言われたとき、猛然と反発したのだ。

　ダフネはこれまで何度となく、むきになってそんなの嘘だと自分に言い聞かせてきた。それが事実であるはずがない。アンドリューに限って。しかし徐々に理性が頭をもたげてきていた。ニューヨークは南にわずか五十マイルの距離だ。当初どれほど監視され、厳重に守られていたとしても、ダフネは囚人ではない。アンドリューが本当にそうしようと思えば、連絡を取ることはできるはずだ。祖父の事故のあとでさまざまなことが混乱を極めていたときなどはとくに。そして事故があったのは、祖父とアンドリューの諍いから三日後の、アンドリューがまだグリーンデールにいたときだったのだ。

屋敷から下の道路へ出るための曲がりくねった狭く険しい私道を半分ほど行った所のヘアピンカーブ、左側は高い崖、右側は高さ百フィートの急斜面になった場所で、祖父は注意力散漫になった。充分に減速せずにヘアピンカーブに入って急ブレーキを踏んだところ、ブレーキロッドが一本折れてガードレールを突き破り――二十四時間後に肋骨三本と片方の肩の骨が折れた状態でベッドの上で目を覚ました。祖父が死ななかったのは奇跡だった。車は急斜面を落ちていったのだ。もし車から投げ出されていなかったら即死していただろう。

祖父が正規の看護婦を嫌うので、ダフネは祖父の長い緩慢な回復期のあいだ不平も言わずに来る日も来る日も看病を手伝っていた。二人のあいだでアンドリューの名前が出ることは一度もないまま。ある人物がいなかったらダフネはこうした終わりのないように感じられる数カ月間をとても耐え抜くことはできなかっただろう。その人物とは祖父ルーファスの主治医であり友人でもあるリチャード・セイヤーだった。

まだ駆け出しの青年医師としてこの町にやってきたセイヤーは、ダフネが赤ちゃんのころから成長を見守ってきた。かつて子どもらしい悩みがあるとセイヤーを頼ってきたダフネだったが、セイヤーはほかの人たちとは違って彼女をいまだに子ども扱いしたりはしなかった。セイヤーはダフネが受けた心の傷の深さを理解し、その痛みを和らげるためにできることはなんでもしてくれた。ダフネが外の空気を吸ったり、運動したり、人と会ったりするよう仕向けたり、祖父を怒鳴りつけたり――「彼女を病室に閉じこめて、病気にさせたいんですか?」――冷たくローズを無視したり、ダフネの父に説教したりして。

ダフネはセイヤーが大好きだった。その午後も、彼が来てくれることが嬉しかったし、彼と話がしたかった。ぶっきらぼうで皮肉っぽい雰囲気の持ち主ながら、親切で目端が利く。そして、この屋敷ではなにかダフネには理解できないことが起こっていた。漂うピリピリとした重苦しい気配の理由がわからないダフネは、ストレスを感じはじめていた。

あたりが暗くなりつつあった。書斎は薄暗く、静まり返っている。ふいに静寂を破るかすかな音がして、ダフネはハッとした。だが暖炉のなかで薪が転がっただけだった。それはかすかなパキッという音とともに落下した。ダフネは振り返り――身を固くした。

新たな光源を得て、祖父の姿がくっきりと浮かび上がっていたのだ。祖父は眠っていなかった。じっとダフネを見つめ、背中をピンと伸ばして椅子に座り、口元はにこりともせず引き結ばれている。

その瞬間、ダフネはまた例の気配を感じた。ここ数日ほとんどひっきりなしに感じる見張られコソコソ嗅ぎまわられているような、自分だけが除け者にされて屋敷内でなにかが起こっているような気配である。とはいえ、それがなんなのかは見当もつかなかった。

祖父はダフネが見ていることに気づくと言った。「ここに来なさい、ダフネ」祖父の声はぶっきらぼうではあったが、冷たくはなかった。

ダフネは部屋を横切ると、祖父の前に立った。紺の上着とスカート姿の彼女はほっそりとして美しく、ピケブラウスの白い丸襟のせいでいっそうあどけなく見えた。「はい、おじいさま。ご用はなんですか?」

祖父は考えこむように顎をさすりながら、ダフネをじっと見上げた。「前から考えていたんだが、ダフネ――どこかに旅行してみたくはないか……ん?」

ダフネは驚いた。父も、ナンも、友人たちも、これまで祖父を旅に出る気にさせられた者はいなかったからだ。祖父が工場での陣頭指揮を退いて以来、みんなが散々、旅を勧めてきたのに。祖父はいつも、自分はグリーンデールで生まれ、ここで死ぬつもりだし、どこも映画で見たからいい、と言っていたのである。

「えっ――旅ですか、おじいさま？」ダフネは驚きを隠せなかった。

「そうだ、たとえばヨーロッパはどうかな。わしは一度も海外に行ったことがないんだ。イギリスとか、ヨーロッパ大陸とか――連中が殺し合いを始めないうちに、一度、状況を見ておきたいと思ってね」

「でもおじいさま、まだ旅ができるほど回復なさっていないのでは」

「馬鹿を言うな」祖父は不機嫌そうに言った。「セイヤーによれば、わしはほぼ良くなったそうだ。だからいますぐに出発することだってできる。今週末に出発するというのはどうだ、おまえとナンとわしとで。我々がここにいるべき理由はなにもないんだし。おまえはずいぶん長いことこの家に閉じこもっていたからな。外に出ていろいろなものを見ること、新しいものや場所、人と出会うのはおまえのためになるし、我々二人のためになるだろう。おまえの父親があとから合流するのもいいかもしれない、夏ごろにでも――ローズにはここに残って、諸々の管理をしてもらう。いい考えだとは思わないか、ダフネ？」

祖父の口調は熱心だった。彼は微笑みながらダフネを見つめ、言いくるめようとしていた。ダフネは困惑した。祖父の熱心さの陰に不安が透けて見える――別になにも起こってはいないのに。ダフネは物憂げに言った。「わたしはどこにも行きたくありません、おじいさま。ここにいたいです」

このごく普通の返答が、次の怒りの爆発を引き起こした。

祖父は手を伸ばし、ダフネの両手首を小ぶりでがっしりとした両方の手でつかむと、足乗せ台《オットマン》を目の前の定位置に蹴りもどして、孫娘を無理やりそこに座らせた。祖父の目は黄色く、陰気で、瞳孔が開き、血走っていた。

祖父につかまれた手首が痛かったが、ダフネは怯まなかった、あまりのことに驚き、少し気分が悪くなっていたけれど。横柄なことはあっても、これまで祖父に暴力を振るわれたことは一度もない。祖父がわずか六インチの距離まで顔を近づけてきたせいで、瞳孔に自分が映っているのが見えた。祖父の鼻孔はふくらんだりへこんだりしており、唇のまわりには泡がついていた。

「ここにいたいだと」祖父は言った。「ここにいたいか。出かけたくないわけだ。みなはああ言うが、やっぱりおまえは――あの男と会っていたんだな！」祖父は静かに、穏やかにそう言った。まるでダフネを驚かせ、足元をすくおうとするかのように。

ダフネはますます困惑し、あっけに取られて祖父を見つめた。なにを言っているんだろう。具合でも悪いのだろうか？

「会うってだれとですか、おじいさま？」ダフネがたずねた。

「とぼけるな」祖父は理性も自制心もかなぐり捨てて怒鳴った。「おまえはあの嘘つきで、卑劣で、信用ならない最低の男、アンドリュー・ストームと会っているんだろう」

そのときようやくダフネは理解した。なぜみんながやたらと自分を見つめていたのか、なぜ父やナンがあれほど心配そうに、ピリピリしていたのか、なぜ番犬さながらに警戒心むきだしのローズに付きまとわれていたのか、なぜ祖父に本を読んで欲しいとか、手紙を代筆して欲しいとか、フーパーに車椅子を押してもらって庭を散歩する祖父の横に付き添って欲しいなどと、次から次へと用事を言い付けられていたのかを。

アンドリューがグリーンデールに来ているのだ。五カ月ぶりに。

心臓が早鐘のように鳴っていた。アンドリューがグリーンデールに。彼はなぜ戻ってきたのだろう？　いつからここに？　アンドリューはなんの連絡もしてきてはいなかった。

そのとき祖父が言っていることをもっとちゃんと聞いていれば、これまでに起こったことの一部、これから起こることの多くを予想できていたかもしれない。だがダフネは聞いていなかった。なにも考えられないほど混乱していたのだ。瞳には紗がかかったようで、耳鳴りがしていた。みんなが言うことが事実なら――アンドリューはお金目当てなのだとしたら――彼がグリーンデールにいようがいまいが関係ないではないか。祖父は考えを変えておらず、絶対に二人の結婚を許す気はないのだから。

ダフネを罵ったり、脅したりする祖父の声ははるか彼方から聞こえてくるようだった。そのとき、祖父が急に話すのをやめた。ダフネは振り返った。書斎の反対側のドアが開いていてナンの姿があった。そしてその後ろにはセイヤーがいた。

第二章

継母は戸口から少し入った所に静かに立っていた。ほっそりと背が高く、黒い乗馬服を見事に着こなしている。ナンは美しい女性だった。帽子を脱いでおり、きれいにまとめた髪が廊下の暗がりを背景に淡い金色に輝いている。ナンは暖炉前の光景にぎょっとしているようだった。無理もない。祖父が激怒しているのは一目瞭然だったからだ。

ナンの背後にセイヤー先生がいた。彼の厳めしい細い顔、まっすぐ前を向いている白髪混じりの頭を見ると、思わず嗚咽がこみ上げてきた。立ち上がってセイヤーの腕のなかに飛びこみ、たったいま知ったことを聞いてもらいたかった。だがダフネはなんとか泣き出しそうになるのをこらえた。

ナンは身をすくませていた。体の横に下げている片手は帽子のつばをぎゅっと握りしめている。ナンは出し抜けに言った。「これはいったい？　どうしたの？　なにか――ありましたか？」心配そうなナンの瞳は祖父とダフネを見比べていた。

ダフネは祖父の足元にひざまずいて、両手首を祖父にがっちりとつかまれている状況の滑稽さをひしひしと感じていた。だが気づいていなかったのが、自らの変化だった。この五カ月間の倦怠感は消えていた。両頬には赤みが差し、瞳は輝き、引き締まった若々しい口元は心を決めたように曲線を描いていた。

ナンが話しはじめると同時に祖父に押され、ダフネは敷物に膝をついた。次の瞬間、セイヤーが隣に駆け寄っていた。セイヤーはダフネを助け起こし、椅子に座らせた。

「大丈夫かい、ダフネ?」セイヤーは静かにそうたずねた。「けがはない?」

ダフネは無言のままうなずいた。祖父はセイヤー医師に怒鳴りだした。「その子を甘やかすのもいい加減にしろ! その子に構うな、セイヤー。手出しは無用だ。きみには関係ない」

リチャード・セイヤーは祖父と常時、顔を合わせながら彼を恐れない唯一の人物だった。セイヤーは平然とこう応じた。「この子は自分の孫娘なんだから、そうしたければ殺そうが自由だ——とでも考えているんですか、ルーファス? そいつはすばらしい。ですが、これだけはわたしにも関係がある。主治医であるわたしが同じ部屋にいながら、あなたの血管を破裂させるわけにはいかない」

祖父はこのことばに怖くなったようだった。死ぬことを心から恐れているのだ。祖父は怒鳴るのをやめて、椅子にゆったりと座り直すと、セイヤーの問いに対して素直に、昨夜の激しい消化不良について説明を始めた。

ナンも一役買った。彼女はもめごとが大嫌いで、それを避け、それが起きていないふりをするためならなんでもするのだ。「このかたは必ずご自分の体質に合わないものを食べたがるんです、先生。夕食にホロホロチョウを食べたり、糖蜜をかけたスイートポテトだけじゃなくプディングまで食べたり」そう言いながら、ナンはカーテンを閉めたり、デルフィニウム柄の鉢《ボウル》に生けてある黄水仙を整えたり、窓際のガラストップの薬用テーブルに並ぶ瓶をまっすぐに直したりして動きまわった。ナンは部屋のなかでなにもせずにいることができない人なのだ。実際、ナンの手が加わると部屋はいつもそれまでよりすっきりして見えた。

セイヤーが眉を上げた。「おやおや、どうしても死に急ぎたいということなら……ナン、フーパーを呼んでくれるかい？　こちらの紳士はこれからベッドに入り、朝まで安静にしてもらいましょう。今晩は牛乳に浸したパンですよ、ルーファス……」

それから一時間弱あと、ダフネは一人、書斎に残されていた。祖父は隣接する寝室で横になっている。祖父にはフーパーが付き添っていて、セイヤー先生は行ってしまった。ダフネは彼と二人きりで話がしたかったのだ。先生ならアンドリューがどこにいて、なにをしていて、なぜまた戻ってきたのか知っているかもしれない。だが、先生と二人だけで話すチャンスはなかった。

ダフネの頭のなかはいまも渦を巻いていた。当惑と悲しみに怒りが加わっていた。アンドリューがグリーンデールにいることを意図的に隠されていたのが腑に落ちなかった。どうしてみんな、そんなにも必死でアンドリューと会わせないようにするのだろう？　その疑問が繰り返し脳裏に浮かんだ。

ダフネはローズが書斎に入ってきたことに気づかずに、前方の窓の前に立って春の夕暮れを見つめていた。背後に長いベルベットカーテンが垂れているせいで、こちらの姿は相手から見えない。電話をしている声で初めてローズがそこにいることを知ったダフネは、セイヤー先生が到着したら教えるようにと言われたことをすっかり忘れていたのだった。

ローズの低く用心深い口調が、ダフネの注意を引いた。ダフネはじっと耳を澄ました。

「セイヤー先生ですか？　ローズ・ノースロップです……ダフネに先生がいらしたらすぐ教えるように言っておいたんですよ……それはわかってます。でもどうしてもお会いしないと、いますぐにです、先生。あたくしがずっと言っていたことをご存知でしょう？　いまや確信しています。先生にお見せするものがあるんです。先生には必要な手続きを取っていただかないと――」

ローズの口調にはダフネがよく知る抑揚があった。子どものころ、ローズから罰を与えられる前にあなたはこういう悪いことをしたのだと説明されるときにしょっちゅう耳にしたそれは、心の奥底にある満足感を隠すかすかに悲しげな微笑みとセットになっていた。それはもうはるか昔の日々ではあったが、その影響は残っていた。ダフネは無意識のうちに身震いし――カーテンの向こう側の声が止まったことに気がついた。

はっきりこうと説明できないような危機感に襲われ、とっさに逃げ出したくなったダフネはカーテンのひだを横に引きかけて――静止した。

書斎のなかは薄暗かった。さっきまで祖父が座っていた椅子の横の電気スタンドの灯りともう一つ、廊下に出るドアの端とまぐさ石（出入り口の上に水平に渡した石）のあいだの細長い光以外は。その開口部の光が消えた。

ホールにいただれかが音もなく、すばやく書斎のドアを閉めたのだ。

ローズはドアに背を向けていたのだが、なにか感じるものがあったのだろう。さっと振り返り、じっとドアを見つめていた。ローズの滑らかで不満げな顔には奇妙な表情が浮かんでいた。むくんだ肉の下で骨の存在感が増したかのような。ローズは片手に持ったままの受話器を置くとドアの所に行き、さっとドアを開けて外を眺め、また部屋に入ってきてドアを閉め、電話の所に戻ってきた。ローズはかろうじて聞こえる小声でセイヤーに話していた。「ここでお話しすることはできません……いいえ……こちらからうかがいます。今夜八時に診療所に参ります」そして受話器は受け台に置かれた。

ダフネはローズがローラースケートでも履いているみたいに奇妙な足取りで長いスカートを揺らしながら祖父の寝室に入っていくまでその場にとどまり、おもむろに書斎から抜け出した。

部屋の外の白い羽目板張りのだだっ広いホールには控えめに照明が灯されていて、がらんとしていた。ライラックの大きな枝が鉢に生けられている。その香りは強烈だった。同時に、かすかにつんとするような異臭も漂っていた。ダフネはそのことをなんとなく記憶に刻んだ。

ダフネはあたりを見まわすと、向こうのどっしりとしたジェームズ一世時代のテーブルに置いてある一通の手紙や、そのテーブルの先の居間のアーチを見た。人影はなく、なんの音も聞こえない。どこにも。だが、わずか三十秒にも満たない前、だれかが書斎のドアをそっと開けて、また閉めたのだ。みぞおちのあたりに変な感覚があった。突然、理由もわからないままダフネは曲線を描く階段の幅広で奥行きのない踏み板を駆け上がり、だれもいない二階の廊下を走っていた。自分の部屋に入ってバタンとドアを閉め、照明を点けて長い鏡に映る自分の姿を見つめた。赤毛に縁取られたダフネの小さな顔はほの白く、瞳は黒く大きく、瞳孔のまわりの銀色は跡形もなく消えていた。

その印象はゆらぎ、消滅した。ついさっき下のホールでだれかに監視され、一挙手一投足を詮索されているようななんとも言えない嫌な感じがしたのだ。ダフネはそれを振り払った。そんなのたいした問題じゃない。アンドリューがまたグリーンデールに来ていて、祖父、ナン、父、ローズの全員がそのことを知っていながら隠していたこと以外はなにも問題じゃない。わたしに知られたところでどうだと言うのだろう。ひょっとしてみんなはこう思ったのだろうか――ダフネは苦く悲しい笑みを浮かべた――あの子は誇りも名誉もかなぐり捨てて、彼を追いかけるに違いないと。良心の呵責もなく、謝罪や説明のことばを綴った手紙さえ寄越さず、自分のもとから去っていった男を。

ダフネは部屋を横切り、呼び鈴を鳴らした。ダフネとナンと父は、シルヴィア・スタージス、ネヴィル・ワッツと八時に狩猟クラブで夕食をともにすることになっていた。だが、彼らと顔を合わすことなどできそうになかった。パリっとした白い上着に身を包み、徹夜で祖父に付き添っていたせいで皺が深く刻まれ疲れた顔のフーパーがやってくると、ダフネは言った。

「フーパー、悪いけどブレヴァン夫人に伝えて欲しいの。わたしは今日の外食をとりやめます。頭痛がするのでもう寝るわ。スタージスさんに謝っておいてと伝えてね。そして今夜はこのあともう声をかけないでもらいたいの」

フーパーは生まれたときから知っているダフネに献身的だった。「夕食も要らないのですか、お嬢さま」

「なにも要らないわ、フーパー」

老執事は如才なくダフネに目を走らせてなにか言いかけたが、思い直した様子で出ていった。ホールにはダフネの父がいた。父はフーパーに強い調子でたずねた。「わたし宛てのこの手紙をだれが置いたか知らないか?」

フーパーは言った。「手紙ですか?」すると父はまた言った。「そうだ、この手紙だ。下のホールのテーブルにあったんだ。郵便で届いたものじゃない……」

ダフネはドアに鍵をかけた。その一時間半後、アンドリューからダフネに電話がある。だがその前に、ダフネは『グリーンデール・ヘラルド』紙の記事の切り抜きを読むことになるのだった。

第三章

切り抜きが置いてあったのはダフネの化粧台の、だれかがパリからナンに送ってきて、ナンがダフネにくれた背の高い香水瓶とピン入れのあいだだった。ダフネは以後、その香水のにおいに耐えられなくなる。彼女はだれがこんなところにこんなものを置いたのだろうと訝りながら、無造作に切り抜きを手に取った。『グリーンデール・ヘラルド』はスキャンダラスなほのめかし専門のゴシップ紙で都市部で販売されており、時おりニューヨークの日刊紙でも引用されていた。

それは〈興味深い点〉と題された囲み記事の切り抜きで、次のように書かれていた。

昨日、ニューヨークの某青年弁護士が姿を現したことにより、グリーンデールでは少なからぬ関心と憶測が生まれている。件の弁護士がひじょうに裕福な若い女性との結婚を望んでいることは、このあたりでは周知の事実である。そして彼がこの若い女性を連れ去るのを、力ずくで阻止されたのも同じくらいよく知られている。だが、彼の傷は癒えたようだ。これから判明するのは第一に、彼がこの若き女性の近親者が先の十一月に遭った事故の黒幕であったのかどうか、第二に彼がこの女性に改めて結婚を申し込むのかどうかだ。ここで若者の気まぐれと春に関する例の金言（テニスンの詩『ロックスレイ・ホール』について言及していると思われる）を強調する必要はあるまい。なにしろ五、六百万ドルが関係する話なのだ。

ダフネのアンドリューへの怒りは吹き飛び、別の怒りが炎のように全身を焼き尽くした。確かに、アンドリューはわたしのもとから去った。それはひどいと思う。だが、この悪意と毒に満ちたゴシップ紙が、彼が祖父の事故に関わっているかのように書いたり、ほのめかしたりするのは――言語道断だ。

ほとんど無意識のうちに、ダフネはその切り抜きをくしゃくしゃに丸めて投げ捨てると、窓辺に歩み寄り、ズキズキと痛む額を冷たい窓ガラスに押し当てた。

ダフネは長いあいだそこに立っていた。外は闇に包まれ、揺れる木々は暗い穂先のようだ。ダフネは父が家から出ていくのに気がついた。眼下のテラスを横切る父の白絹のスカーフの端や白シャツのフロント部分が薄闇にかすかに浮かび上がっている。有能で、ハンサムで、頭のいい大好きな父はいつだってどうすべきかを知っていた。ダフネはとっさに窓を勢いよく開けて、父に切り抜きのことを伝えて助けを求めたくなった。だが、そうしなかった。アンドリューの件で父は祖父に味方していたのだ……ダフネの心のなかに苦さが湧き上がった。

数分後、今度はナンが出かけて行った（父は先にどこか寄るところがあるのだろう）。だがナンに助けを求めることもできなかった。父にそうできないのと同じ理由で。ダフネはひどく無力で、孤立無援に思えた。

だれが化粧台にあんな切り抜きを置いたのか。ダフネは全員を疑ったが、だれかはわからなかった。だがそんなことはどうでもいい。問題なのはあの記事の内容だ。なんとかしなければ。だけどどうすればいい――そしてだれの力を借りる？　あれのせいでアンドリューはグリーンデールに戻ってきたのだろうか。

ダフネの背後、ベッドわきのテーブルに電話があった。それが鳴っていることに、ダフネはしばらく経ってから気づいた。彼女は動かなかった。一階のホールにある電話からの内線電話なのだが、呼び出し音が鳴り続いている。フーパーか女中のだれかが出ないということは、おそらくみんな手がふさがっているかキッチンにいるのだろう。ダフネは部屋を横切り受話器を持つと、気怠げに「はい？」と言ってから、急に膝から力が抜けてベッドにへたりこんだ。電話の向こう側の妙な間《ま》のあと、だしぬけにアンドリューの声がしたのだ。

アンドリューは言った。「ダフネ、いま一人かい？」滑舌が良く、淡々とした口調だった。

「ええ」ダフネはすんなりことばが出てこなかった。喉も、唇もからからだった。

「どうしてぼくの手紙に返事をくれなかったんだい？」

「あなたの手紙ですって！」そのときダフネは理解した。これだったのだ。はっきりわからないながら自分が探していたもの、祖父との諍い以来、なかば疑いながら証拠がないと信じようとしなかったものは。世界が一変してしまった。その形も、その存在意義も……。「あなたの――手紙ですって？」

ダフネは弱々しくそう繰り返した。

アンドリューの口調も変わった。それはもう淡々としてはいなかった。早口で優しく確信に満ち、新たな威厳が備わっていた。

「そのことはいったん忘れよう。きみに会いたい」

ダフネもアンドリューと同じだけ早口で確信に満ちた口調になった。「いつどこで、アンドリュー？」

「できるだけ早く。ぼくはいまふもとのガソリンスタンドにいる。これから歩いてそっちへ行く。七時四十五分に屋敷前の噴水の横で」

彼は電話を切った。

ダフネは着ていたネグリジェの袖をまくり上げて、腕時計を見た。いま七時半だ。彼女は立ち上がり、身支度を始めた。


外は暗く寒く、風が強く吹いていた。ダフネは最初、寒さを感じなかった。アンドリューからの手紙が途中で奪われていたなんて。だれがそんなことを？　ダフネにはわからなかったし、どうでも良かった。また、これから自分はどうするつもりなのか、なにが起こるのかもわからなかった。わかっているのはあと数分もすればアンドリューに会えるのだということ、この長いうんざりするような数カ月間を経てまた彼に会えるということだった。そのとき、ダフネは光に気づいた。

だれかが懐中電灯を持ってテラスをうろうろしている！

ダフネは身じろぎもせず立っていた。心臓が激しく鳴っている。アンドリューとの電話をだれかに聞かれていたのだろうか。みんなが自分を探しているのだろうか。いいや、違う。ダフネはほっと安堵のため息を漏らした。その動く小さな光は森を抜けて下の門へ続く小道を左へ進んだ。遠ざかるかすかな光を背景にずんぐりした人影がかろうじて識別できた。そうだ――あれはセイヤー先生の所へ行くローズだ。ヒマラヤスギの木立に隠れてローズの姿は見えなくなった。ダフネはまた歩きはじめた。

不意にバキッという音がしてダフネは驚いた。どこかで太い枝が落ちたのだ。鈍い破裂音、軽い足音のような物音もする。太い枝がやぶに落ちるときの小枝が折れる音も聞こえた。その音はローズが歩いている方角からしていた。その前にかすかに叫び声がしなかっただろうか。ダフネにはよくわからなかった。吹きすさぶ風の音が強烈だったからだ。ダフネは芝生を横切り、ローズの懐中電灯が遠く下のほうのやぶの陰でチラチラと瞬きながら折り返してゆくのを見た。

ダフネは新たな不安に見舞われていた。この屋敷に来るには二つの方法がある。左手の森の小道を抜ける方法と、長い丘陵地をジグザグに横切って深く険しい峡谷をぐるぐる回りながら下の道路に出る右手の車道を使う方法だ。アンドリューが小道から来るとしたら？　間違いなくローズと鉢合わせしてしまう。腕時計の光る文字盤を見ると、いっそう不安が募った。

もうすぐ八時だ。アンドリューが電話をしてきたのは七時半で、十五分以内にそっちへ行くと言っていた。なぜこんなに時間がかかっているんだろう。

そのとき、なんの前触れもなくアンドリューが隣に立っていた。音もなく闇のなかから現れるとダフネの両手を取り、ぎゅっと握りしめながらアンドリューは言った。「ダフネ、ぼくの愛する人！会いたかった……」

その心温まる瞬間、夜も寒さも闇も雨もすべて消え失せ、ダフネはアンドリューの腕のなかにいた。アンドリューの両腕に力がこもると、ダフネは腰のあたりがチクッとするのを感じた。「アンドリュー」ダフネは静かに笑いながら言った。「あなたのポケットにピンが入っているわ」

「ぼくのポケットに？」アンドリューはグレーのバーバリーコートのひだを横に払いのけると、ダフネをいっそう強く抱き寄せた。

二人が立っている場所からは、四分の一マイルほど下の道路の橋近くに止まったタクシーのライトは見えなかった。

その晩の六時半、ローズ・ノースロップはケーブルタクシー社に電話し、七時四十五分ちょうどにタクシーを一台迎えに寄越してくれと予約していた。ローズの指示は厳密だった。家の前までは来ずに、橋のわきの小門の所で待つこと。

タクシー運転手のウィリアム・ラッドは指定時刻きっかりに到着し、すぐに町へ向かえるよう車を方向転換させた。だがノースロップ嬢のほうが遅れた。八時近くになってようやく目の前の小門を乱暴に押し開けた彼女が、強風に逆らいながらタクシーのほうに必死に歩いてきた。ラッドは後方から近づいてくる彼女に気づき、身を乗り出してドアを開けた。

やってきたノースロップ嬢はすぐに乗りこんでくる代わりに車のステップ横で両膝をつくと、両方の手のひらで周囲の地面をぽんぽんとたたきはじめた。

「なにか失くしたんですかい?」ラッドは相手に聞こえるよう大声で叫ばなければならなかった。だが彼の質問は、ノースロップ嬢を怒らせたようだった。彼女は返事をしなかった。そして急にまっすぐ立ち上がると、激しい雨と闇のなかを見まわしてすばやく首を左右に振った。それからまるで悪魔に追われているように車内に飛びこむと「セイヤー先生の所へ。急いで」といまにも癇癪を爆発させそうな低い声で言い、どさっとシートにもたれた。

ラッドは顔をしかめた。なんて横柄な女だ。自分が待たせたくせにこっちが待たせたみたいじゃないか……彼はバタンとドアを閉めると、車のエンジンをかけた。

第四章

セイヤー医師はグリーンデールにあるみすぼらしいが居心地の良い自宅兼診療所でノースロップ嬢を待っていた。セイヤーは一人きりではなく、友人がいっしょだった。近くの研究所に勤める化学研究員のギルブレスという男で、郊外にある自宅を改築中なのでセイヤーの家に居候しているのだ。

ギルブレスはローズ・ノースロップが六時に電話をかけてきたときも、セイヤーといっしょにいた。そしてその電話のあいだにギルブレスの興味を引くちょっとした出来事があった。この町のだれもがそうであるように、ギルブレスもアンドリュー・ストームとダフネ・ブレヴァン、そしてルーファス・ナイトに関する『グリーンデール・ヘラルド』の記事を読んでおり、秘められた実情はこのようなものだろうという彼なりの見解があった。

セイヤーの診療所は町の宿屋の敷地に隣接する広い芝生に面しているのだが、その宿屋は大通りから引っこんだ所にあって、そびえ立つニレ並木の下に建つ植民地時代様式の傾きかけた邸宅だった。そしてストームはこの宿屋に泊まっていた。ギルブレスは指差して教えられたことがあり、アンドリュー・ストームの風貌を知っていた。

セイヤーがノースロップ嬢と話しているあいだぶらぶらと窓辺に歩いていったギルブレスは、グリーンデール中から知られている噂の青年が目の前にいることに気づいて驚いた。

ストームは一ヤードも離れていない所に立っていた。両足を芝生に据え、ポケットに両手を突っこみ、突然、動きを止めたかのように軍人のようなすっきりした頭部を反らしていた。彼はギルブレスを見ておらず、診療所前のポーチへの階段のほうを向いていた。部屋のなかではセイヤーが言っていた。「では、八時にここに来るんですね、ノースロップ嬢……わかりました、お待ちしています……」ストームはどうやらセイヤーの家に入ろうとしていたらしい。だが彼はやってこなかった。セイヤーが受話器を置くのに合わせるように、ストームはくるりと向きを変え大股で宿屋へと歩き去った。

ギルブレスは友人にストームの存在を知らせていた。しかしセイヤーは肩をすくめただけで、脚の長いストームが戻っていく姿を考えこむように見つめていた。セイヤーにはなにか気になることがあるらしい。常日ごろから助けてやっている足の不自由な女が用意した焦げた肉と水っぽいホウレン草のひどい夕食のあいだもいつになく黙りこくっていた。その後、セイヤーは数件の往診に行き、ギルブレスはある実験を終えるために研究所に戻った。

八時数分過ぎに戻ってきたギルブレスが目にしたのは、家のなかをうろうろと歩き回るセイヤーだった。ローズ・ノースロップが約束の時間に遅れているのだ。ノースロップを待ちながら、二人は先の十一月に起きたルーファス・ナイトの事故にストームが関与している可能性について語り合った——あるいはギルブレスが質問をし、セイヤーがいつもの辛辣かつ簡潔な短いことばでそれに答えていた。

セイヤーは言った。「きみ同様その件についてはなにも知らないようなものさ。ルーファスは事故後およそ二十四時間、意識不明だった。意識が戻ったときにルーファスが覚えていた事故前の最後の記憶はその日の朝食。脳震盪につきものの記憶喪失だよ。去年の秋に会ったアンドリュー・ストームは感じのいい男だった。正直者のようだし、頭もいい。わたしが十五年以上前に初めてこの町にやってきたとき、彼の伯父マイケル・コルビーはまだクリフトップにしがみついていたがすでに万策尽き、工場はもうルーファス・ナイトの手中にあった。コルビー家のマイケル、そしてアンドリューの母イソベルはウイットに富み、陽気で、快活な魅力あふれる人たちだったが頑固で自制心が弱かった。だから、マイケル・コルビーを破滅させたのはルーファス・ナイトじゃない。マイケル・コルビーは自滅したんだ。彼は財産を失うまで、金のなんたるかをわかっていなかったのさ。ストームを見ていると伯父のマイケルを思い出すよ。彼は楽しそうな笑い声とむこうみずで屈託のない物腰の持ち主だ。しかし——殺人だって？　きみが人殺しなどするはずがないのと同じで、彼だってそんなことをするはずがない——我々がいま話しているのは結局そういうことだろう」

「ストームがグリーンデールに戻ってきたのはいつなんだ？」

「一昨日の晩さ」

「そういう噂が流れているから戻ってきたのかな？」

「違うね。昨夜、虫垂切除手術と分娩のあいだに見かけたんだが、彼は『ヘラルド』の記事を読んで愕然としていた——少なくとも、そう見えた」

セイヤーはちょっと口をつぐみ、どこか荒々しさを秘めた口ぶりでこう続けた。「わたしが気になるのは一つだけだ。ダフネ・ブレヴァンには傷ついて欲しくない——すでに傷ついているんだから」

セイヤーの口調は硬かった。

「傷ついている？　ブレヴァン嬢が？」ギルブレスは信じられないといった顔をした。「金のスプーンをいくつもくわえて生まれてきてお姫さまみたいに育てられ、ずっと何不自由なく過ごしてきたのに？　この世に金で買えないものはあるのかもしれないが、具体的にそれがなんであるかは聞いたことがないね」

セイヤーはかぶりを振った。「きみは思い違いをしている、ギルブレス。わたしはダフネを子どものころから知っているし、あの子が家庭教師たちやルーファスやローズに囲まれて大きくなるのをずっと見てきた。ダフネに子どもらしい子ども時代はなかったんだ。ぼくはよく彼女をここに連れてきて、キッチンで好きに遊ばせてやったものさ」セイヤーは微笑んだが、すぐにその笑顔は消えた。「多すぎる金は少なすぎるのと同じくらい不自由なものなんだよ、ギルブレス。いや、少なすぎる以上に不自由だ。それは人を窒息させ孤立させて、共通の人間性から、そして生きていくということを――苦しみながら――学ばなければならない世界から切り離してしまう。それは――」

セイヤーが話をやめた。その居心地の良い美しい部屋にいきなり明るい光が入ってきたのだ。それは前方の曇ったガラス越しに差しこんできたヘッドライトだった。

セイヤーはすぐに玄関ホールに行くと、照明のスイッチを押し、玄関を開けた。頭上の照明の灯りが前階段、砂利敷き一帯の端、黒の大型タクシーの濡れた側面に不規則に降り注ぐ斜めの雨によって屈折した。タクシーが停車する。雨で濡れた窓越しに、後部座敷に座っているローズ・ノースロップが見えた。

医師を目にした運転手はそのまま運転席にとどまった。彼はサイドブレーキを引くとエンジンを切り、マッチをすって煙草に火を点けた。ローズ・ノースロップは車から降りるそぶりを見せない。

セイヤーは階段を駆け下りた。運転手のラッドは言った。「お元気ですか、先生？　ひどい夜ですねえ」セイヤーは確かにと言い、車のドアを開けた。ローズ・ノースロップは微動だにせず座っていた。頭さえ動かさない。真っすぐ前を見たままわずかに後方に仰け反っている。両方の瞳はまばたきさえしていない。ローズがセイヤーを無視し続け、視線をあくまでもウィリアム・ラッドに据えているさまは異様であり、ラッドも振り返って肩越しにのぞいていた。

セイヤーは身を乗り出すと、彼女の膝に触れた。その膝は前に出て、そこで止まった。セイヤーはドアの取っ手をつかみ、背後では足音高くギルブレスが階段を下りてきていた。ギルブレスはセイヤーの肘の横から首を伸ばして車のなかをのぞきこんだが、あまりよく見えなかった。彼は言った。「どうした？　なにがあったんだ？　気分が悪いに違いない——それとも酔っ払っているのか」

セイヤーは静かに言った。「いいや、ギルブレス。そのどちらでもない」そして、タクシーの室内灯を点けた。

ローズ・ノースロップは死んでいた。そのことは疑いようもなかった。彼女は奥にぎこちなく座っていた。両膝を大きく開き、まったく乱れていない胸もとを反らし、両足はがっしりとした黒のオックスフォードシューズのなかでひきつれ、爪先が丸まっている。右腕はクッションに預けられ、左腕は肘を曲げて膝に乗せてあり、指先は強張っていた。

まばゆい光が彼女の死に顔を照らした。それは見た者にとってけっして忘れられない光景だった。動かぬ瞳は大きく見開かれて飛び出しており、口角が上がり食いしばった歯がむきだしになって、なんとも陰気でぞっとするような笑顔になっている。また、肌は青みがかっていた。

ラッドは失神寸前の様子で運転席から顔をのぞかせていた。小声で「神さま！　ああ、神さま！」と言い続けている。わずかな唾液が顎を伝い、ラッドはそれを手の甲で拭った。

雨が静かにタクシーの屋根を打っている。セイヤーが最初に動いた。彼は開けたドアから振り返って言った。「ここにいてくれ、ギルブレス、そしてだれもなにも手を触れないよう見ていてくれ。警察に電話してくる」

州警察署は道路を少し行った先にあった。警察は強風と暗闇を切り裂くような甲高いサイレン音を響かせながら、セイヤーの通報から五分以内に到着した。

警察官たちの革のゲートル（脛の部分に巻く革・布製の被服）や革ベルトが濡れて光っている。鋭い指示が飛び、撮影用のフラッシュがたかれ、タクシーとその乗客を赤い閃光が取り囲んだ。下の通りでは警察官たちが集まりはじめた野次馬を制止している。監察医のスパロウ医師はこちらに向かっているところで、ヴィスクニスキ警部が現場責任者だ。そのそばには体に合わない灰褐色のスーツを着た弱々しく陰気な小男が、ロープでつないだ茶色の犬を連れていた。その小男は、宿屋でアンドリュー・ストームの隣の部屋に泊まっていた。

ヴィスクニスキ警部は小男をトッド氏と紹介し、四人の男たち全員、つまりヴィスクニスキ、トッド氏、ギルブレス、セイヤーは家のなかに入った。ヴィスクニスキは電話へ向かうとあちこちに電話し、それからタクシー運転手のラッドに質問をした。

ラッドはノースロップ嬢がその晩早くにケーブル社に電話してきたこと、そしてフレッド・ケーブルから所定の時間（七時四十五分）にノースロップ嬢を迎えに行くよう指示され、そのとおりにしたことを話した。またラッドは、ノースロップ嬢がほぼ十五分遅れでタクシーに乗ってきたこと、セイヤー先生の所へ行くよう命じられたこと、それに従った自分は彼女がいつどこで死んだのかまるっきりわからないと言った。

とりあえず、いまのところは帰っていいと言われたラッドは脱兎のごとく逃げていき、次にスパロウがせかせかと部屋に入ってきた。スパロウは背の低い小太りの男で快活そうな血色の良い顔と小さな輝く瞳の持ち主だった。スパロウは悲しげに口元を歪めたが、この場に身内の者はいないと気づくと勢いよく話しだした。

「セイヤー、これはこれは。きみの患者かね？　まあ破傷風だろうな。既往歴は？」

「わたしの知る限りありません」

「そうか、それならいい。硬直の程度から見て、全身に広がってしまったようだ。まだざっと見ただけだがね。現時点で感染巣を特定することはできんが、どこかに必ずある。だれが見ても明らかな兆候が出ているからな。胴、背中、腹部の筋肉がレンガみたいにカチカチだ。それと、このひきつり笑い。これは間違えようがない。死因は呼吸器系の機能不全か心臓麻痺か極度の疲労だろう」

セイヤーはぞんざいにスパロウのことばを遮った。ノースロップ嬢は自分の患者ではなく、昨日まで健康そのものだったと言ったのである。

スパロウは肩をすくめた。「そのときはまだ潜伏期だったのかもしれない。彼女は前駆症状で、インフルエンザにかかったと思ったかもしれない――めまいに、倦怠感に、頭痛に、発汗に、寒気だからな。そしてそれを心配しているときに、突然の騒音や明るい光が死に至る発作を引き起こしたのだろう――彼女が歩いたことや、この夜や風については言うまでもない。タクシーは屋敷から少し離れた場所に来ていたというし。ときに、解剖が必要だとは考えていないんだろう？」スパロウは期待するようにヴィスクニスキを見た。

ヴィスクニスキはセイヤーを見た。セイヤーは無言だった。そしてうんざりしたように肩をすくめた。

　これでこの件は終わっていたかもしれない。コネチカット州で破傷風は珍しくないからだ。その菌は土のなかにいて、毎年、大勢の命を奪っていた。ノースロップ嬢はタクシーに一人で乗りこんだ――だれの助けも借りずにそうしたのだ。暴力を疑うべき理由、暴力がふるわれたことを示す証拠はみじんもなかった。その冴えない小男が話しだすまでは。

　暗がりのなかで沈黙を破ると、小男は控えめに口にした。「気になっているんですが――そのご婦人はあれをお持ちじゃないようです――伏せて、ジャンボ――この人のハンドバッグはどうしたんでしょう?」

　この質問に続く張りつめたような短い間《ま》のあと、彼はセイヤーとスパロウを交互に見ながら申し訳なさそうに続けた。「一度そういう記事を読んだことがある気がするのですが、ほかにはないのでしょうか――これに合うような別の死因は――つまり、同じ死後の特徴を示すものは? 筋肉の硬直だとか、ひきつったような笑みとか……?」

　振り返っていたセイヤーが、頭をぶん殴られたようにトッド氏をまじまじと見つめていた。スパロウもトッド氏を凝視していた。スパロウはあんぐりと口を開け、血色の良い顔が青白くなっていた。セイヤーがゆっくりと言った。「ええ、他にもそのような特徴を呈する死因はあります」

　スパロウは言った。「なんと！　確かに――だが、そんなわけが……」

　しかし、いまやスパロウにはわかっていたし、ほかの者たちも同様だった。

　ローズの遺体は手術室に運ばれ、寝台に横たえられた。彼女の着衣は乱れ、泥汚れが付いていたし、黒い手袋や靴にも泥が付いていていて、クリフトップの屋敷から待っているタクシーの所に行くまでに一度ならず転倒したようだった。

　二人の医師は遺体の口を開け、頬の内側、舌、歯茎を見て簡単な検査をした。そこにはなにも見つからなかった。頭部前方および後頭部にも異常はなく、喉にも異常はなかったが――黒のドレスの鎖骨から腰のあたりまでが滑らかに裂けていた――そして左胸上部の腫れた部分の中央に小さな赤い跡が発見された……。

　二人の医師が結論を出すまでに長くはかからなかった。破傷風とよく似た反応を示す薬物は一つしかなく――現時点で言えるのは、ローズ・ノースロップの死は皮下注射されたストリキニーネによって引き起こされた可能性が高いということだった。

　タクシーのなかに皮下注射器はなく、まともな精神状態の女性――ノースロップ嬢は間違いなくそうだった――がそんな方法で自らの命を絶つはずはない。

　これがコネチカット州警察管轄の殺人事件であることは明らかだった。

　ヴィスクニスキは電話口で次々と指示を飛ばしており、警察官たちが出たり入ったりしていた。十分が経過するころ、ヴィスクニスキはセイヤーを振り返った。「ところで先生、夕方にノースロップ嬢からかかってきた電話についてですが……」

　茶色の犬を連れた小男は、喧騒のなかどこかに姿を消していた。彼の本名はトッドではなくトッドハンターといい、ニューヨーク市警マンハッタン殺人捜査課所属の刑事だった。トッドハンターはセイヤーの自宅から少し行った所にあるウエスタンユニオン（米国の金融および通信事業の会社）の公衆電話を使った。電話をかけた相手はマッキー警視だった。

　殺人捜査課のトップであるマッキー警視が電話に出ると、トッドハンターは言った。「警視の指示でこちらで調べていたストームという若者がかなりまずいことになってます。だれかが今晩七時半から八時五分のあいだにナイト邸の敷地内で、ナイト氏の従妹のノースロップという女を殺しました。ストームが村の宿屋を出たのは七時です。ギルブレスという男によれば、ストームには電話の会話が聞こえていて、このノースロップという女がナイト邸を出てやってくることを知ったとか。ストームはナイト邸の方角へ向かうところを目撃されており、それ以降は姿を消しています」トッドハンターは自ら収集した情報や、ヴィスクニスキから聞いた話もマッキー警視に報告した。そしてそれが終わると、トッドハンターはたずねた。「わたしはなにをしたらいいですか?」

マッキー警視は言った。「ストリキニーネか……それは興味深い。引き続き頼むよ、トッドハンター。情報収集につとめ、報告を続けてくれ」マッキー警視はそう言って電話を切った。

小柄な刑事は公衆電話をあとにした。一台の車に乗りこんだヴィスクニスキと警察官たちがクリフトップに向かっている。トッドハンターはみすぼらしいフォードに乗りこむと、彼らのあとを追った。そして川を渡り、開けた土地に入っていくと、監督教会の時計塔の時計が九時を打った。

第五章

ローズ・ノースロップ死去の暗い余波はすでにダフネ・ブレヴァンにも及んでいたが、彼女自身はローズが死んだことをまだ知らなかった。そしてその最初の徴候は、ダフネを困惑させ驚かせるような奇妙な形をとっていた。時間、これはのちにひじょうに重要な要素となるのだが、アンドリューが八時に合流してからしばらくのあいだダフネにとってなんの意味も持っていなかった。

ダフネは彼と再会できたことに胸がいっぱいだったうえに、彼からの申し出に陶然としていた。今晩いますぐ二人でここから立ち去ろうと言われたのである。

その切羽詰まったことばを聞いたのは、二人が再会してすぐ、風の吹き荒れる闇のなかでだった。「聞いてくれ、ダフネ」アンドリューはダフネをいっそう強く抱き寄せながらそう言った。「なんらかの手立てを講じない限り、ぼくたちは永遠に離れ離れのままだ。なぜ待たなきゃならない？　なぜ貴重な数週間、数カ月、数年を無駄にする？　きみのおじいさんはけっして進んでぼくたちの結婚を承諾することはないだろう。グリーンデールの外れから夜行バスが出る。そのバスに乗れば十二時半に街に着く。ぼくはきみをまっすぐ母のところに連れていくよ。今夜、きみは母の所に泊まって、明日、二人で結婚許可証を交付してもらおう。いますぐこっそり部屋に戻って荷物をまとめるんだ——あるいは、そのまま来てくれてもいい。それでもかまわない。そうすればきみが出ていったことをだれにも知られないし、朝になるまで探されずにすむ。そしてぼくたちの結婚が既成事実になれば、もう見つかったって困ることはない」アンドリューはダフネの髪、まぶたに口づけすると、彼女を揺さぶる声でこう続けた。「ぼくにはきみがいないと駄目なんだ、ダフネ。本当に！　きみに必要なのはほんの少しの勇気と覚悟だけだ。わかったと言ってくれ、ダフネ。いっしょに行くと言ってくれ！」

ダフネには言えなかった。心の底からそうしたかったが、やはり無理だった。「わかるでしょう、アンドリュー？」ダフネは彼の胸に両手を当てて体を離し、顔を見上げながら哀願した。「それはあまりに卑怯だと思うの――うまく言えないけど――自分が正しくないことをしていて、怖がっていると認めるみたいだもの。でもわたしは怖くない。明日みんなに出ていくと伝えて、その理由を話すわ」

しかし、アンドリューは耳を貸そうとしなかった。

「やつらは絶対にきみを行かせやしない」彼は言った。「絶対にだ。きみはわかっていない！」アンドリューは思いつめたように両手に力をこめて、強くダフネを抱きしめた。「ぼくを愛しているなら、いますぐいっしょに来てくれ、ダフネ」

ダフネはその懇願に屈しそうになった。「わたしがあなたを愛しているのはわかっているでしょう、アンドリュー！」ダフネは手を伸ばして彼の頬に触れた。それは引き締まっていて、冷たく、濡れていた。

そのときなぜだか、ぴったりと寄り添うように立っていたにもかかわらず、ダフネにはアンドリューが遠ざかっていくように感じられた。動いてはいなかったが、彼の注意はダフネから別のなにかに移っていた。

二人は庭の隅の巨大なマツの下で雨宿りをしていた。太い枝たちがひさしのように二人を覆ってくれていた。ダフネは屋敷のほうを向いていて、アンドリューは町、つまり谷へと続くこちらからは見えない斜面の先のほの暗い一群の灯りのほうを向いていた。ダフネはくるりと振り返ると、アンドリューの視線の先を見た。だがそこには雨と風と闇以外なにもなかった。そのときふいに長く引き伸ばされたようなサイレンが高くなったり低くなったりしたかと思うと、また高くなり、そして止まった。アンドリューはあのサイレンにぎょっとしたのだろうか？

ダフネは彼から少し体を離して言った。「きっと事故があったんだわ」

アンドリューはダフネの仕草に気づいていないようだった。「ああ」アンドリューは機械的にそう応じた。「そうに違いない」そして目を凝らし、耳を澄まし続けている。

その後すぐに赤い光が現れた。町の中央に暗紅色の光輪が出現し、周囲の小さな屋根やまっすぐ伸びている槍のような煙突の数々がのっぺりした黒い模様を描いていた。

ダフネが言った。「違う、火事よ」

しかし奇妙なことに、その光は広がる様子がなかった。火柱が上がることもなければ、煙も出ていない。赤い光はそのままの状態で、とぎれず固定されたまま赤々と燃えていた。その火がいっこうに消されないのも妙だった。

ダフネのすぐ横で短く「ここにいてくれ、ダフネ。一分ほどで戻ってくる」と言うと、アンドリューは彼女のもとから離れた。

彼が木に登ると、小枝がシャワーのように地面に落ちてきた。ダフネは小声で呼びかけた。「気をつけて、アンドリュー」だが返事はない。その木は高く、あたりに生えているなかでもとくに高い部類だった。一分のはずが彼はなかなか戻ってこない。五分ほど経って、彼はようやく上のほうの枝から身を躍らせ、ダフネの傍らの柔らかな針状葉の絨毯に下り立った。

「あれはなんだったの？　見えた？」ダフネは不安な思いでそうたずねた。「会社のビルかなにかで、人が住んでいるのでなければいいんだけど。夜間の火事って――」

「ダフネ！」アンドリューの声があまりにいつもと違っていたので、ダフネは大きく瞳を見開いた。「よく聞いてくれ」彼は言った。「これからぼくが言うとおりにしてもらいたい。まず、いますぐに家に帰って欲しい。そして、できれば外から家に入るところをだれにも見られないように。自分の部屋に入ったら濡れたものを脱いで、人目につかないように隠しておいてくれ。それからネグリジェかなにかを着るんだ。あと、これを忘れないで――きみはずっと本を読んだり、休んだり、眠ったりしていた。一晩中、自分の部屋から出なかったんだ。きみは家から出ていない。わかったかい？」アンドリューは両手をダフネの肩に置き、指先に力をこめていた。

ダフネはアンドリューを見つめた。胸が苦しい。怖いのではない。彼の様子が一変したことに驚き、落胆し、なんとなく傷ついていたのだ。まるで自分より大きく、もっと重要なものが割りこんできたようだった。ダフネは身をよじってアンドリューの両手から逃れようとしたが、彼の力は強かった。そして指先にいっそう力をこめられただけだった。

「わかるはずないでしょう」ダフネは唇を震わせながらそう言った。「気でも違ったの、アンドリュー？　頭がおかしくなったの？　いったいどうしたの？　なぜそんなことを言うの？」

アンドリューはダフネを軽く揺すった。「こんな所で質問なんかしている場合じゃない。ことは一刻を争うんだ。ぼくの言うとおりにしてくれ」彼の声は低く、かすれていた。

そのときダフネは怖くなった。「アンドリュー」ダフネは囁いた。「アンドリュー――いったいなにがあったの？」

「わからない。それがわかればいいんだが」アンドリューは一瞬、口をつぐむと、ダフネにというより自らに言い聞かせるようにつぶやいた。「これからなにか起こるとすれば、そんなに猶予はないはずだ……いま何時だい？」

ダフネは腕時計を見た。八時二十四分だ。二人が再会してからまだ三十分も経っていない。「アンドリュー」ダフネは言った。「行かないで。わたしを一人にしないで」

「きみの部屋はどこ？」

「二階のテラスの一番端で、玄関から向かって左側」

「わかった。あの部屋か」

「知ってるの？」

「もちろん。子どものころあの家にはよく出入りしてたからね。窓を一カ所、開けたままにして灯りも点けておいてくれ。だがカーテンは閉めておくんだ。もしかしたら、あとで連絡できるかもしれない。さあ――もう行って。こっちへ、テラスまで送っていくよ。どうかぼくの言ったことを忘れないで。だれにも見られずになかに戻れると思う？」

「できるわ」

テラス階段下の暗闇で短い口づけを交わすと、ダフネは階段を駆け上がり、敷石《フラッグストーン》を渡って居間の窓へと向かった。時間はまだ早く、召使いたちが戸締まりを始めるまでにはまだ間《ま》がある。窓には鍵がかかっていなかった。ダフネは急いでそれを持ち上げひょいとなかに入ると、二分後には自分の部屋で濡れたものを脱ぎ捨てていた。

混乱していたし不安でもあったが、ダフネは若く、立ち直りが早く、アンドリューを信じ切っていた。アンドリューに愛されていること、これまで彼の愛が揺らがなかったこと、ダフネにとって真に重要なのはそれだけだった。その事実はダフネの心を安らかにし、深い落ち着きで満たしてくれた。それが彼女の周囲につくりだした魔法のバリアーを破るものはなかったのである。

ダフネはシャワーを浴び、寝巻に化粧着を羽織り、ほっそりとしたむきだしの足首に小さなサテンのブーツを履くと、自室のドアをほんの一インチほど開け、だれかが来たらすぐに閉められるよう身構えた。実際にはだれも現れなかったが、やがて階下のホールから物音がした。ダフネは階段まで行くと数段下り、手すりのあいだに目を凝らした。父とナンがちょうど居間に入っていくところだった。二人ともなぜこんなに早く帰ってきたのだろう？　食事は八時からのはずで、いまはまだ九時過ぎだというのに。

次の瞬間、玄関が開くとセイヤー先生と数人の男たちが入ってきた。そのうち二人は州警察官だ。警察官！　ダフネは心臓が止まりそうになった。警察官がこの家でなにをしているの？　一同は居間に入っていき、ドアが閉まった。

ダフネにとって、以降、その晩はドアの開閉の連続だった。開いたときには恐ろしい物事が明らかになり、閉められたときにはさらに恐ろしい物事が隠される。階下のホールにはだれもおらず、柔らかな照明で明るく照らされていた。祖父の続き部屋のドアは閉まっている。祖父は眠っているのだろう。彼らがなんの話をしているのか確かめなければ。ダフネは桃色のサテンのローブをしっかりとかき合わせると、幅広で奥行きのない階段をそっと下りていった。

アメジスト色の壁の同じ高さにロックウェル・ケント（米国の画家・版画家・イラストレーター・作家）の作品が何枚も飾られ、暖炉の両側で大きな緑色の陶製の猫が見張っているその広い部屋では、ヴィスクニスキ警部がブレヴァン夫妻にローズ・ノースロップの死を告げていた。

二人は警察署からの電話を受け、夕食の最中に狩猟クラブから急ぎ帰ってきたのだった。ヒラリーは着ていた黒のオーバーコートを脱いでいたが、ナン・ブレヴァンは頭から足元までたっぷりした黒の布で包み込むベルベットのイブニングケープ（婦人の正装の上に羽織るケープ）姿だった。

トッドハンターは離れた隅の小さな椅子に腰掛けると、目を配り、耳を傾けた。

ヒラリー・ブレヴァンは大柄な男で、最近かすかに猫背気味になっているらしく、微妙に体に合っていないディナージャケットを神経質に引っ張り続けていた。顔立ちは端正で屈託がなく、口元は優しげで、灰色の瞳は澄んでいて落ち着きがある。ナン・ブレヴァンは美しく品があり、穏やかかつ優雅で自信に満ちていた。

ヴィスクニスキの話を聞く夫妻の様子には、愕然としているなかにも半信半疑、強いショック――そしてそれ以外のなにかがあった。「壊れかけていた」と言うべきかもしれない。この贅を尽くした広い部屋の暖かく静かな芳香のなかで、なにかが実際に折れ、崩壊したようだった。二人は向き直り、互いに顔を見合わせた。トッドハンターは目立たない場所から、思わずのぞいた一瞬の安堵の念が、より自然な反応のなかに消えてゆくのを目撃していた。

ヴィスクニスキ警部の最後のことばを聞いて、ナン・ブレヴァンは被っていたベルベットのフードを脱ぎ、次にケープそのものを引き締まったむきだしの両肩から落とすと、震えながらゆっくりと息を吸いこんだ。「ローズが――死んだなんて！」ナンは不可能なことを突きつけられて、どうしていいかわからない女のようにそう言った。

ヒラリー・ブレヴァンはのろのろとつぶやいた。「死んだ――それもストリキニーネの皮下注射で……なんということだ！　それはつまり……？」ヒラリーはテーブルに寄りかかって両手をポケットに突っこんでいるセイヤー医師を見た。だが答えたのはヴィスクニスキだった。

ヴィスクニスキ警部は重々しくうなずいた。「そうです、ブレヴァンさん。我々はノースロップ嬢が殺されたと考えています。そして我々は、ノースロップ嬢がセイヤー先生と約束しているのを立ち聞きし、彼女が何時に出かけるのか知っていた人物を探しています。その時間に診療所にいたギルブレスさんによれば、それはアンドリュー・ストームです。ご存知かどうかわかりませんが、ノースロップ嬢は昨日の午後、アンドリュー・ストームの部屋を訪ねています。二人の話し合いのあいだになにがあったかはわかりませんが、去り際にノースロップ嬢はこう言っていたそうです。『警告するわ。この件はあなたにかかっている。とにかくいますぐにこの町から立ち去りなさい――二十四時間の猶予を与えます』と。このことばを聞いていた者から報告を受けているのです……ストーム氏は昨夜、実際に町から出ていきました。しかし彼は戻ってきた。そして今夜ノースロップ嬢が殺された。この状況から……」

ブレヴァン夫妻はしばらく互いを見つめていた。ブレヴァン夫人は低く叫び、夫は肩をすくめた。トッドハンターは思った。夫妻はどちらもアンドリュー・ストームとルーファス・ナイトの事故に関する噂を知っているらしい。

ヴィスクニスキ警部は続けた。「ブレヴァン嬢なら、ストームについてなにか知っているかもしれません。たとえば今夜どこかの時点で、彼はブレヴァン嬢と連絡を取ろうとしたかもしれない――」

ヒラリー・ブレヴァンが警部のことばを遮って言った。「娘は昨年十一月以降、アンドリュー・ストームとは会っていないし、連絡も一切取っていません」

ナン・ブレヴァンも言った。「それに今夜は夕方六時から頭痛でベッドに入っています。ぐっすり眠っているんです。ですから――」

ヴィスクニスキは返事をしなかった。彼はブレヴァン夫人の背後をじっと見つめていた。部屋の奥のドアが開いており、ダフネ・ブレヴァンが入ってきた。

第六章

ダフネはドアを閉めると、ゆっくり暖炉に近づいた。

部屋がいつもと違って見える。たくさんの人がいるにもかかわらず、よそよそしく、がらんとして、解放感がある。ローズが死んだ。ダフネはこの二つのことばを一文として理解できなかった。死んだということばをローズのあとに続けても、意味をなさないように思えた。ローズが死ぬはずがない。だって死ぬには強すぎるし、不変すぎる。ローズは家を所有してはいなかったが、彼女が家そのものであり、その空気であり、非の打ちどころのない秩序であり、円滑な機能だった。これから祖父はどうするのだろう？　祖父はいったいどうするのか？　ダフネは今後二度と耳にすることはないし、ナンも父も二度と耳にすることはないのだ。「ローズに相談してみよう。ローズがなんと言うか聞いてみよう」という祖父のことばを。召使いたちも庭師も御用聞きも今後二度とこう言われることはないのだ。「ノースロップ嬢に聞いてくれ。彼女が対応してくれる」と。

ローズ？　アンドリュー？　もちろんアンドリューはローズが大嫌いだった。嫌って当然だ。みんな彼女を大嫌いだったのだから。ナンも、父も、シルヴィア・スタージスも、友人たちだれでも、ローズと関わりがあった人はみんな――アンドリューは人よりそのことを隠さなかっただけだ。

ダフネが部屋のなかほどまで進む前に、セイヤーとナンが傍らにやってきた。セイヤーは片手をダフネの片腕に置いて、彼女を落ち着かせ、なだめるように意味のないことを言っており、ナンは「ダフネ！　起き出してきてどうしたの？　ベッドに戻りなさい。いますぐに」とつぶやきながら、暖炉の前に立って炎の光と暖かさを遮っているたくましい警察官に、肩越しに懇願するような視線を向けた。

気の利かない男だ。こんなに寒いのに。ダフネは震えていた。だが震えているところを彼らに見られるわけにはいかない。怯えていると思われるかもしれないからだ。ダフネは怯えてはいなかった。ローズは死んだ――殺害された。この警察官はそう言っていた。それはアンドリューとは無関係だ。彼がクリフトップへやってきたのはわたしに会うためで、だから宿屋の部屋にいなかったのである。自分はそう言いさえすればいいのだ。警察官にそう教えてやればいい。状況をはっきりさせるために。しかしアンドリューから受けている指示には従わなければ。

「わたしなら大丈夫よ、ナン」ダフネは言った。「たったいま――聞いたの――ローズのことを」そしてふかふかした琥珀色のサテン張りのソファの父の隣に唐突に腰を下ろした。

トッドハンターは思った。義理の母親もきれいだが、この娘の愛らしさときたらストームが夢中になるのも無理はない。それにしてもこの子はなにか知っているぞ。いまにも気絶しそうじゃないか。

だがダフネは気絶しなかった。そして父がそばにいること、父の存在と能力に感謝していた。父とナンがとても優しく、両親というより友だちのような存在で、娘に自分の人生を生きさせてくれること、祖父やローズのようではないことに感謝した。あっ、また忘れていた。ローズは死んだ。ローズのことはもう気にしなくていいのだ。

ヴィスクニスキ警部が話している。ローズのハンドバッグが消えていることが問題視されているらしい。バッグは頭部と同じくらいローズの一部で、彼女はいつもバッグを携帯していた。食事のときも、庭園でも、朝起き抜けでも、夜遅くでも、夏の盛りの暑い日でも、それぞれ着ているものに合うさまざまなバッグが選ばれていたが、いつだって鍵だとか、ハンカチだとか、メモ帳だとか、スケジュール帳だとか、薬だとか、櫛だとか、小さいブラシだとか、気付け薬といった雑多なものを収納できる巨大なバッグだった。警部はダフネの父、そしてナンに、ローズが出かけたときにバッグを持っていたかどうかをたずねていた。

それはわからないし、午前中以降ローズには会っていないと父は言った。六時に家に帰ってきたとき、ローズの姿は見当たらなかったとも。自分は七時過ぎに家を出て、忘れていた仕事を片付けるために銀行に戻り、それから車で狩猟クラブへ行って妻とスタージス嬢とネヴィル・ワッツ氏に会った。妻と外食するとき、たいていはローズが義父といっしょに食事を取るのだが、自分が義父の様子を見に行ったときはフーパーがいっしょだったとも付け加えた。

ナンは昼食以降、ノースロップ嬢には会っていない。つまり、ナン自身が七時半に家を出て狩猟クラブに向かったとき、ノースロップ嬢は部屋で身支度をしていたのだろうと語った。

セイヤーは暖炉のそばまで歩いていくとヴィスクニスキ警部に低い声でなにごとか言い、ヴィスクニスキはうなずくとダフネのほうを向いた。「あなたはいかがです、ブレヴァン嬢？　あなたが最後にノースロップ嬢を見たのはいつですか？」

ダフネは「祖父の書斎で六時ごろです。あの人は――」と言うと、いきなり話すのをやめた。

ローズのことを毛嫌いしていたアンドリューがセイヤーとローズの電話を立ち聞きしていたせいで、この警部はアンドリューのことを――あんなふうに言ったのだ。だがこの家のだれかにもローズの電話――その大部分、またはすべてが聞こえていたかもしれない。人目を避け、その電話の最中に書斎のドアを音もなくすばやく開閉しただれかにも。

ダフネは膝のあいだで両手をぎゅっと強く合わせた。アンドリューに興味を示してはならない。彼を擁護しようとしてはならない。さもないと、警察に彼と会っていたことがわかってしまうかもしれない。

ダフネは淡々とことばを続けた。「ローズは祖父の寝室に入っていくところで、そのときはバッグを持っていました。あの人はいつもバッグを持っていましたから」

ヴィスクニスキ警部は探るようにダフネを見つめた。ヴィスクニスキはこの娘に対してはストームのことで厳しい態度を取らない、少なくともいまは、というセイヤーの要請に同意していた。しかしヴィスクニスキにはセイヤー、父親、義理の母親がダフネを庇うような態度を取っているのが気に入らなかった。確かに彼女はルーファス・ナイトの孫娘かもしれないが、ローズ・ノースロップはルーファス・ナイトの従妹で、殺されたのだ。ヴィスクニスキは有能な警察官で、率直で、公正で、まっすぐだった――才気煥発ではないとしても間抜けでもない。ヴィスクニスキはなんとしても真実に到達しようと決意していた。彼は言った。「あなた自身は今晩なにをしましたか、ブレヴァン嬢?」

ダフネは答えた。「六時に自分の部屋に戻ってアスピリンを何錠か飲み、数分前まで眠っていました」

ヴィスクニスキ警部の視線が鋭くなった。

「ほう? ではなぜそんなに髪が濡れているのです?」

髪! それについてはうっかりしていた。うなじや耳のまわりの濡れた巻き毛が、急に身を切る寒さで肌を突き刺した。ダフネは小さな巻き毛の束を全員に見つめられているのを感じた。雨が激しく窓を打っている。聞こえるのはその音だけだ。うろたえてはいけない。

「わたしの――髪?」ダフネは探るように指先を持ち上げた。「ああ、これ! シャワーキャップに穴が開いていて。だから下りてきたんです。その――目を覚ましてシャワーを浴びたら気分が良くなって、そうしたら一階のホールから声が聞こえて、先生が祖父を診に来てくれたのかもしれないと思ったんです」ダフネはヴィスクニスキ警部から目を反らし、セイヤーに微笑みかけた。

セイヤーも微笑み返した。「では新しいキャップを手に入れたほうがいいね。さもなくば、きみに鼻風邪の処方をしなくてはならなくなる」ヴィスクニスキ警部はうなずいた。セイヤーはそれを見てすかさず言った。「ブレヴァン嬢への質問は終わりですか、ヴィスクニスキ警部? それは良かった。さあダフネ、すぐにベッドに入るんだ――まず髪を良く乾かしてからね――あとでルーファスがきみを呼ぶかもしれない。ローズのことを聞いたときに」

ダフネは苦しい局面をなんとか切り抜けた。安堵で少し気怠さを覚えており、言われるがままに立ち上がった。ナンが言った。「少しでも眠るようにしてね」父が娘の頭を撫でた。リチャード・セイヤーが彼女と腕を組み、ドアのほうへ誘導した。

背後では父が警部に祖父のことを話していた。今日はもう遅いし、義父は昨夜もろくに寝ていない。ノースロップ嬢についての痛ましい知らせ(彼女は義父ととても親しかった)はかなりのショックだろう。伝えるのは朝まで待ってもらえないだろうか……?

ヴィスクニスキ警部に異論はなかった。彼は言った。我々は目下やらなければならないことが山積みで、ノースロップ嬢を襲撃した者の痕跡を探して一晩中、部下たちが敷地内をうろつくことになると思います。

一晩中、部下たちが敷地内、つまり家のまわりにいる。ドアの前まで来ていたダフネは、衝撃を受けてその場に立ち止まった。光沢のある敷物をスリッパで踏みしめながら、ヴィスクニスキのことばが頭のなかでこだましていた。部下たちが……敷地内を……一晩中。それではアンドリューはみすみす罠に足を踏み入れることになってしまう。無防備な状態で。いや、無防備どころではない。わたしが――わたし自身が――彼の無実の証拠を奪ってしまった。彼とは会っていない、その晩ずっと顔も合わせていないと言ってしまったのだから。いまさら本当のことを言っても信じてはもらえないだろう。彼はここクリフトップに、八時から一人でいただけだなんて。彼の行動を保証する者がいない状態では到底、無理だ……。

ダフネの周囲に灰色の波が押し寄せてきた。気がつくと、ダフネは自分の部屋で椅子に腰掛けていて、セイヤーが目の前に立ってこう言っていた。「ダフネ、よく聞いて。落ち着くんだ。そんなふうに取り乱してはいけない。子どもじゃあるまいし、きみらしくもない。いったいどうしたんだ?」

ダフネを取り巻いていた灰色の波が引きはじめた。ダフネはセイヤーの顔を見上げた。彼の口調は厳しかったが、本気で言っているわけではない。多くのものを目にしてきたせいで倦んだ彼の瞳は優しかった。彼の強さ、超然とした態度がいつものようにダフネを落ち着かせてくれた。ダフネは口を開けて、ローズが森を抜けていったことや、彼女の上に落ちてきた太枝について告げようとした――しかしまた口を閉じた。アンドリューから言われたのだ。屋敷から出たことはだれにも言ってはいけないと。

セイヤーはダフネの仕草をヒステリーの兆候と誤解したようだった。というのも、きっぱりとこう言ったからだ。「神経を落ち着かせ、眠りに誘ってくれるものを処方しよう。このままここから動かないように。ナンを呼んでくる」

ダフネはナンの付き添いなど要らなかったし、だれにも来て欲しくなかった。また、眠るわけにもいかなかった。アンドリューがやってくるからだ。ダフネはきちんと座り直すと、かすかに微笑んで言った。「わたしなら大丈夫、リチャード、本当よ。ただちょっと――ショックで――ローズがあんなことになったと聞いたから。あなたの手をわずらわせてしまってごめんなさい」

セイヤーのまなざしは真剣だった。だが、とうとうダフネのことばを受け入れた。部屋から出て行く前にセイヤーは言った。たぶん一晩中起きているから、寝つけなかったり、不安を感じたりしたらいつでも自分を呼ぶか、ナンに付き添ってもらうようにと。次の瞬間、ダフネは一人きりになっていた。

セイヤーが行ってしまうとダフネはすぐに椅子から立ち上がった。そして部屋のドアを少しだけ開けると、そのドアと窓のあいだを何時間にも思えるほど果てしなく行ったり来たりを繰り返した。じっと座っているよりなにかしているほうがましだからだ。

十時半に父とナンが二階に上がってきた。二人の寝室の灯りは十一時過ぎに消えた。自分の部屋の窓の前でテラス越しに二人の部屋のほうを見つめていたダフネには、灯りが消えるのがわかった。頭上で足音がしている。警察がローズの部屋を調べているのだ。やがて足音が止まった。その後、セイヤーがだれかにおやすみと言っていた。家のなかが静かになりはじめた。警察は立ち去ったのだろうか？　それ以外の灯りも十二時までにはほとんどが消えた。

十二時五分に電話が鳴った。ダフネが受話器を取ると、父が眠そうな声で応対しているのが聞こえた。十二時半になにかがカーテンに当たって敷物の上に落ちた。小石だ。少しして二つ目の小石が投げこまれた。ダフネが窓に駆け寄ると、下の暗闇からアンドリューの声がした。彼は静かに言った。

「部屋の灯りを消すんだ」ダフネは灯りを消した。

窓から身を乗り出してもアンドリューの姿は見えなかった。窓の外には闇と雨しかない。雨脚は強くなっていた。

アンドリューが言った。「三十分後に下の娯楽室に行ってくれ。ぼくもそこに行く」

ダフネが言った。「三十分後？」

アンドリューが「そうだ。すぐにではない。ぼくにはやらなきゃならないことが――」と言いかけて止まった。その後、ダフネは囁き声で彼の名前を二度呼んだ。返事はない。だが別に問題はない。ダフネはずっしりしたカーテンを下ろした。長い試練のときは終わったのだ。ダフネの心は浮き立った。

ダフネは考えた。娯楽室は食堂の下の地階にあり、曲線を描く細い羽目板飾りの階段でつながっている。ここからは数分で行ける。

一時三分になるとダフネは二階のホールへと忍び出た。あたりに人影はない。窓を打つ静かな雨音以外はなんの音も聞こえなかった。風は止んでいる。テーブルに置かれたシェード付きの小さなナイトランプだけで充分に明るい。ダフネは階段を下りた。一階のホールにも人影はなく、ドアはすべて閉まっていた。ダフネは暗い食堂に入ると、手探りで進んだ。食器棚を過ぎ、配膳用テーブルを過ぎて……壁面があり、ドアがあった。ダフネはドアノブを見つけてひねり、狭い階段を急いで駆け下りた。娯楽室の照明は点いていた。アンドリューがいるのだ。

曲線を描くその小さな階段の最後の一段に立ち止まったダフネの見たものは、静けさと空虚さだった。ダフネの両頰は色を失い、片手は手すりを握りしめた。彼がいない。アンドリューがいない。ここに来ると言っていたのに。ダフネはどうしようもなく彼に会いたかった。なにがあったか、自分の知っていることを彼に話したかった。果てしないほどに思える長い時間、待っていたのに。いまここにいるのはダフネと静寂だけだった。

部屋はまばゆいほど明るくがらんとしていた。塗料で描かれた空想的な模様が壁の上を踊っており、吊り照明に照らされて輝いている。そこには緑の卓球台があり、深紅に塗られた広々としたバーカウンターに並ぶスツールの脚部が輝いていて、ラケット、乗馬ブーツ、テニスボール、バックギャモンボード、収納されて忘れ去られたゲーム類が並ぶ棚があった。さらに深く継続的で少し恐ろしい沈黙も。なぜこんなにも沈黙が恐ろしいのだろう。きっと神経がたかぶっているせいだ——あるいは屋敷中に漂う危険な雰囲気のせいかもしれない。初めは落胆のあまり呆然としていたが、やがて確信が訪れた。アンドリューはきっとここに来る。そう言っていたし、彼は無責任な約束をするような人ではない。

その確信と冷静さを失わないために、ダフネは娯楽室のドアから涼しくて大きな地下室《メインセラー》に入った。そこは暗く、ずっと奥にあるボイラーの油のにおいがかすかにした。右側には洗濯室のドアとキッチンへ続く階段がある。左側はワイン貯蔵室に続くずんぐりした木製のドアだ。どちらのドアノブもびくともしない。ともに施錠されていた。石油ボイラーの稼働音のほかはなにも聞こえない。ダフネは娯楽室の心地よい明るさのなかに駆け戻るとドアを閉め、息を切らし、両手をしっかりと組み合わせながらそのドアに寄りかかった。アンドリュー……危険……沈黙。アンドリューがいない！　すべてが渦を巻き混沌としていた。

そのとき、ダフネは彼の帽子と上着に気がついた。上着が椅子の背に掛けてある。ダフネは嬉しくなって思わずそちらに行くと、片手を伸ばして柔らかな灰色のツイードに触れた。するとなにかが手を刺し、指に小さな血の一滴が盛り上がってきた。ダフネはその痛みに覚えがあった。今晩、最初に彼の腕に抱かれたときだ。まだ少し呆然としたまま、ダフネは片手を彼の上着のポケットに突っこみ、細く光る不気味なものを取り出した。皮下注射用の針だ。とたんに心臓が激しく脈打ちだし、耳のなかがドクンドクンと鳴っていた。

ダフネは再び恐怖に襲われた。今度は本物の、強力な、心を捉えて離さない恐怖である。ダフネは飛ぶように階段を駆け上がり、飛びつくようにドアノブをつかんだが、ドアに鍵がかかっていることに気づいて大きな鳴咽を漏らしそうになった。そんなはずはない。確かに開けておいたのだ。だが鍵がかかっている。ダグネは息を切らしながら必死でドアノブを引っ張った。彼女のなかで不安が結晶となった。考える余裕さえなく心を麻痺させるような不安の結晶に。ダフネは悲鳴を上げてドアをどんどん叩き、それから両腕をだらりと垂らして沈黙した。あたりが闇に包まれたからである。娯楽室にいるだれかが照明を消したのだ。

第七章

闇のなかでダフネは微動だにせず、娯楽室の階段を上がり切ったところで凍りついたように立ち尽くしていた。一筋の光さえ見えない。それは完全な闇だった。あまりにも唐突かつ徹底的で、まるで生き埋めにされたようだった。闇はダフネの瞳をひりつかせ、肺のなかに押し入ってきた。下の娯楽室にはだれかいる。一瞬前まではそこにいなかった、照明を消しただれかが。アンドリューではない。なぜ確信できるのかわからなかったが、ダフネはそう確信していた。アンドリューなら呼びかけ、話しかけてくれるはずだ。いったいだれなんだろう?

ダフネはパニックに陥った。本能は闇のなかで絶叫し、両のこぶしを振り回せと告げていた。だがその衝動をねじ伏せ、片手を伸ばして指先をさまよわせた。鍵のかかった食堂のドアが目の前にあり、階段の吹き抜けが左側にある。ダフネは音もなくくるりと吹き抜けのほうを向くと、背後の羽目板に両肩を押しつけ、下にいる何者かがこっそり階段を上ってくるのを待ち受けた。あるいは下にはだれもいないのかもしれない。または姿のない恐ろしいものがすぐそばにいて、こちらに飛びかかろうとしているのかもしれなかった。

ダフネはほとんど呼吸さえせずに、必死にその場にとどまり続けた。一分経過、そして二分……なにも起こらない。闇も、静寂も破られないままだ。ダフネは緊張を解きかけたが、不意にまた緊張することになった。どこかでカチリと掛け金の音がした。それは娯楽室から地下室へのドアの掛け金だった。そのドアが注意深く開けられ、そして閉まった。だれかが娯楽室へ入ってきた。出ていったのではない。聞こえないくらいかすかな足音が、奇妙なほど恐る恐るゆっくりと近づいてきた。

足音が止まった。ダフネは目をつぶり、緊張がゆるむのを感じた。闇のなかで囁き声がした。ダフネはまた目を開けた。ダフネの名前が二度、繰り返された。アンドリューの声だ。次の瞬間、ダフネは転がるように階段を下りると、彼の腕に飛びこんでしがみつき、両手でしっかりとつかんで上着の両肩や、その下の固く引き締まった筋肉や骨に触れながら、彼が確かにそこにいることを確かめた。

「ダフネ!　いったいどうしたんだ?」アンドリューは叫んだ。「やめるんだ、もう大丈夫だから」アンドリューは強くダフネを抱きしめてなだめ、彼女の額にかかった髪を後ろに撫でつけると、頬を寄せた。

「アンドリュー」ダフネは口がきけるようになるとすぐ息を切らしながら言った。「少し前に娯楽室の照明を消した?」

「いいや」

「じゃあ――」

「ほら。ちょっと待ってて」

アンドリューはダフネを椅子に座らせると、一人で地下室へ続くドアの所に行った。ボルト錠がカチリと鳴り、照明が点いた。アンドリューは戻ってくるとダフネの前にひざまずき、彼女の両手を握りしめた。アンドリューに触れられて、ダフネには力が沸いてきた。ダフネは背筋を伸ばして座り直し、アンドリューを見つめ――叫び声を上げた。

彼の襟は引き裂いたように開かれ、ネクタイも引っ張ったように緩んでいて、服は埃だらけで赤い血が耳の輪郭を濡らし、シャツと上着に滴っていた。「アンドリュー――けがをしてる！」

アンドリューは振り払うような仕草をしながら、もどかしげに言った。「こんなのどうってことないよ、ぶつけただけさ。ちょっとものに突っこんでしまってね。きみはなにを怖がっていたんだい？なにがあった？」

娯楽室に来てみたらだれもいなくて、少しだけ地下室に入ってみたのだとダフネは説明した。「洗濯室とワイン貯蔵庫にも入ってみようと思ったんだけど、両方とも鍵がかかっていたの。それでここに戻ったら、今度は――」

ダフネは黙りこんだ。喉がふさがったような気がした。ぬくもり、心地よさ、安心感、信頼感が消えていた。アンドリューのポケットに入っていたものを思い出したのだ。長く細く不格好で光っている、今晩、早い時間にだれかがローズの胸に刺したもののこと、そしてローズが死んだことを。

ダフネは少し体を離すと、アンドリューを見つめた。彼女の灰色の瞳は大きく見開かれ、怯えていた。ダフネはゆっくりと言った。「わたし見つけたの――あれを――あなたのポケットのなかで」

「なにを見つけたって？」

「あの――皮下注射器を」ダフネは喉が詰まったようで、うまくことばが出てこなかった。

アンドリューはダフネをまじまじと見続けた。彼はなにも言わなかった。アンドリューの顔つきが、顎が、口元が、瞳が変わった。両方の目が細められ、暗く輝いていた。彼は立ち上がると、麻雀卓の端へ回った。そして上着を手に取り、片手をポケットに入れ、空の手をまた出した。彼はかすかな笑みを浮かべながら、黒髪を短く刈りこんである頭を傾けた。「なるほど、そういう作戦か」アンドリユーは静かに言った。「なかなかやるな。そうとも、全体的に悪くない。しかもこんな短時間のうちに」

アンドリューはダフネを振り返った。「それをどうした？」アンドリューはたずねた。「それに触ったのか？　いまどこにある？」

ダフネは声が出なかった。アンドリューはこちらに身を屈めていた。両手でダフネの両肩をつかみ、揺さぶった。「きみはそれをどうしたんだ？　早く。答えて」

「わたし――どこかに落としてしまった」

アンドリューは複数あるテーブルの一つの下でそれを発見すると、ハンカチを取り出してその注射器を隅々まで磨き、ハンカチで包んでから脇ポケットに入れた。

それからアンドリューはダフネのもとに戻ると足を止め、彼女の瞳をじっと見つめながら静かに言った。「聞いてくれダフネ、ぼくが今夜この部屋に入ったときポケットにあの注射器は入っていなかった。ぼくはこれまで一度も注射器なんか持ったことがないし、持っていたとしても使い方がわからなかっただろう。ぼくはローズ・ノースロップを殺していない。信じてくれるかい？」

ダフネはとっさに答えられなかった。自分が極めて重大な決断をしようとしていることがわかっていたのだ。アンドリューは殺人鬼には見えなかったし、話しかたも殺人鬼のようではなかった。だがそれでも……ダフネは目を上げると、彼をひたと見つめながら、初めて出会ったときに魅力を感じた数々の性質を探した。というのも、アンドリューはダフネが初めて好きになった相手だったからだ。彼の勇気、決断力、優しさ、機敏さ、ユーモア、思いやり、それらは実際にあるのか、それとも孤独なダフネにとって、彼は若く見栄えが良かったからそう想像しただけなのか。なにしろ知り合ってまだ日は浅く、実際のところ、彼のことをあまりよく知らないのだ。だが突然、ちゃんと知っているではないかと思い直した。だれがなんと言おうと彼を愛している、なにからなにまで百パーセント疑いの余地なく。そのことは変わりようがない、なにがあったとしても——なにが起ころうとも。

ダフネは彼に両手を差し出した。アンドリューはその手を握り、自分のほうに引っ張って彼女を立たせた。アンドリューはダフネに荒々しく、短く、一度だけ口づけた。すると屋敷が再び二人をのみこんだ。つまり、二人の頭上の静まり返った巨大な屋敷、ローズ・ノースロップの死の謎、さらにはその謎にまつわる暗い力がいまだ蠢いていた。

ダフネは、アンドリューの胸に顔をうずめながら言った。「自分のことが嫌になるわ。たとえ一瞬でもあなたを疑うなんて。だけどわたし。あれを見つけたときに思ったの——」

アンドリューは苦い顔で言った。「きみは、意図されたとおりのことを考えたのさ」そしてダフネから体を離すと、話しはじめた。

その後は質問と答えが交わされた。あまり時間がなかったのだ。すでに罠が仕掛けられており、仕掛けた者は獲物がかかるのを待っている。それをあまり遅らせるのは危険だった。

その晩八時半少し前にダフネと別れたあと、アンドリューは情報収集をするために下の門への小道の捜索をしている警察官たちを見張ったり、彼らの話に耳をそばだてたりしていたという。「じつは村で赤い光が輝いているのを見たとき、なにかあったなと思ったんだ」

「どうしてそんな——」

「なにか起こるんじゃないかという気がしていたからさ」

「どうして？」

「昨年十一月のきみのおじいさんの事故を仕組んだのがぼくじゃないかと疑われていることは知っているだろう?」

ダフネは無言でうなずいた。冷ややかな笑みを浮かべて。

アンドリューは一度もダフネの手に渡ることのなかった手紙に書いた内容を話した。ダフネの祖父と大喧嘩になったその日、母親に会うために急いでニューヨークに帰らなければならなかったこと、母親が前触れもなくヨーロッパから戻ってきたこと、そのあとすぐグラウト判事に仕事で西海岸に行かされて、五カ月間その件で帰れなかったこと、東海岸に帰り着いたとたんまっすぐグリーンデールにやってきたこと、自分が実質的に殺人、つまり殺人未遂を働いたと非難されていると知ったこと、昨日、冷たい非情な声でそれを単刀直入に告げてきたのがローズ・ノースロップだったことを。

アンドリューは言った。「ぼくは昨日の午後、彼女に宿屋の部屋を訪問されるという光栄に浴した。彼女はこうも言っていたよ。あなたが罪を犯したと知っているだけでなく、実際に有罪の証拠まで握っているとね。そしてぼくに二十四時間以内にグリーンデールを去れと言った。これでわかっただろう?」

ダフネは恐ろしいほどよくわかった。警察、世間がどう見るかを一瞬のうちに理解したのだ。アンドリューが危機に瀕している――事前に警告を受け、ローズがセイヤーにかけた電話を立ち聞きし、闇に包まれた敷地内の小道のどこか……彼がよく知る小道で殺意を胸に待ち伏せをする……。

アンドリューはダフネの不安を見てとり、元気づけようとした。ニューヨークの警察委員長であるケアリーに連絡を取った。ケアリーは母親の古い友人で、少し調査してみようと約束してくれたのだと。

ダフネはアンドリューのことばを遮り、事実に基づいて冷静に異議を唱えようとした。「アンドリュー、わたしちょっと気になったことがあるの。ローズがつかんでいた、あるいはつかんでいると思っていた証拠があなただけに不利なものだったのなら――どうしてローズは殺されたの?」

「彼女が思い違いをしていたからだ。それはぼくに不利な証拠じゃなく、だれか別の人間に不利な証拠だった。だからそれをセイヤー先生に見せに行く前に、彼女は――消された」

「じゃあそのだれかはあなたを利用している――」

「身代わりとしてね、そのとおりだよ。十一月にぼくがここにいたとき、きみのおじいさんはガードレールを突き破ったが奇跡的に死を免れた。そいつはそれで今回のことを思いついたんだろう。ぼくが五カ月ぶりに戻ってきて、ローズ・ノースロップは殺されるというわけだ」

「じゃあ今夜はなにがあったの、アンドリュー?」

「ぼくはそこに座ってきみを待っていた」――アンドリューはブリッジテーブルの端の椅子を手で示した――「そのときだれかに背後から頭を殴りつけられたんだ。ぼくはその親切な友人をちらとさえ見ていない。気づいたら、ボイラーの後ろに大の字になって倒れていた。かろうじて立ち上がり、ここに来ることができたけど……」

緋色の毛織物のカーテンが一定間隔で壁を区切り、アルコーブや棚を隠している。男一人や女一人、隠れるスペースはふんだんにあるし、ここにはたくさんの武器があった――クロケットの木槌《マレット》、ポロのスティック、乗馬鞭、ビリヤードのキュー――これらは一撃を加えるのに使える。それが意味するところを考えると背筋が寒くなった。

ダフネは蒼白なアンドリューを見つめた。「つまりそのだれかは――ここ――この家のなかに――」

アンドリューはすかさず言った。「あるいは、ここに出入りできるだれかだ――これに当てはまる者は多い」そしてダフネに指示を出しはじめた。

五分後、アンドリューは去った。ダフネは地下室に立ったまま、北側壁面上の開口部に取りつけられている幅四フィート奥行き三フィートの緑色の木製突縁《フランジ》を見つめていた。その突端には鉄格子が付いていたが、アンドリューが取り外したのだ。それは古くて錆びており、アンドリューは子どものころにインディアンとの戦いごっこや宝探しごっこでよく出入り口として使っていたのだという。その開口部はもともと古い温風路の換気口とつながっていて、出入りするのは朝飯前だとも。だがアンドリューの姿が見えなくなったとたん、ダフネは彼を呼んだ。

アンドリューが頭でそのふたを押し上げた。

ダフネはわずかに声を詰まらせながら言った。「アンドリュー、今夜あの噴水のそばでわたしを刺した、あなたのポケットのなかの尖ったものはなんだったの?」

アンドリューは奇妙な目つきになり、ゆっくりと言った。「あれはガラスのかけらさ」

「ガラスのかけら?」ダフネは驚いた。「いったいなんの?」

「それは」アンドリューが言った。「これから突き止める」そして片手を振り、彼は姿を消した。

ダフネは踵を返すと娯楽室に駆け戻り、バーカウンターの後ろの呼び鈴に指を当てて、そのまま待った。

第八章

ダフネはアンドリューが去ってからほぼ一分間は恐れていなかった。だがふいにまた不安が襲ってきた。現実的な不安（もちろんそれもあったが）だけではなく、変化を恐れる気持ち、すなわち世界の基盤が壊されて木っ端みじんになり、慣れ親しんだ目印が消失して恐ろしい新たな場所へ作り変えられるのを目撃し、孤立無援で生きてゆかねばならないことに対する恐れだった。

この屋敷に入ることができて、闇のなかでもすばやく危なげなく行動できるくらいここをよく知っているだれかがアンドリューを襲い、あの皮下注射器を彼の上着のポケットに入れてキッチンへ続く階段経由で脱出し、ダフネを娯楽室に閉じこめたのだ。いったいだれが――なぜそんなことを？　その理由を推測するのは難しくはなかった。アンドリューを確実にローズの殺人犯に仕立て上げるためだ。しかしだれが――それを考えると背筋を冷たいものが走った。ダフネはその黒い呼び鈴を力いっぱい押した。

はるか頭上の食料貯蔵室《パントリー》で響くかすかなベルの音は永遠に続くかに思えたが、実際には二分間にも満たないほどで階段上のドアが開いた。ダフネにはドアの開く音は聞こえなかったが、急にベルの音が大きくなったのでそれが開いたとわかった。ダフネは呼び鈴から指を離して振り向いた。喉がからからだった。階段の上から声を発したのはナンだった。

ナンが呼びかけた。「だれなの？　そこにいるのはだれ？」

ダフネは「ナン……」と叫んで、倒れてしまわないように美しい塗りのバーカウンターの端につかまって体を支えた。

ナンが階段を駆け下りてきた。「ダフネ！」ナンは驚き慌てた様子でダフネを椅子に座らせた。すぐにその部屋にはほかの人々、つまりダフネの父、シルヴィア・スタージス、警察官二名、ヴィスクニスキ警部、セイヤー先生が詰めかけた。

ダフネは不思議に思った。こんなに夜更けにシルヴィアはこの家でなにをしているのだろう。もっともシルヴィアは家族のとても親しい友人で、この丘のふもとに住んでおり、ほとんど家族同然なのだが。クラブでのダンス夕食会から帰宅後に着替えてきたに違いない。彼女は黒のスーツを着て、首元に赤のシルクスカーフを結んでおり、モノトーンの装いと彫りの深い険しい顔つきを強調していた。帽子はかぶっておらず、艶やかな黒髪についた水滴が目立っている。

シルヴィアだけはこの異様な光景に溶けこんでいた――おそらく、彼女のやることなすこと独特で個性的だからだろう。彼女はどんなパターンにも当てはまらず、伝統的な規範などまったく意に介さない。十年前、シルヴィアはアメリカのトップ女優だったのである。

ダフネにとってシルヴィアは昔から憧れの存在だった。九歳のころ、家に帰ってきていた父がシルヴィアの舞台を観るためにダフネをニューヨークに連れていってくれたことがあった。彼ら、つまりダフネと祖父とローズと父はボックス席から観賞し、終わるとみんなでシルヴィアの楽屋へ行った。ダフネにとってそれはおとぎ話が現実になったようだった――といっても照明や演劇の華やかさではなく、人が同時に三人の人物になれる魔法である。ステージ上で演じる中国の女帝、みすぼらしい灰色の衣に身を包み、入り組んだ大きな暗い廊下の奥でとびきり醜い魔女から可愛がられたり、いじめられたりする魔女、そして公演後にホテルの夕食の席で、祖父の隣に座っているみんなと同じように食べたり、飲んだり、話したり、笑ったりするほか、絶えずやってきては恭しく彼女の手を取って挨拶する人々に会釈するシルヴィア自身という三人に。

シルヴィアはすでに八年間も丘のふもとの農場で暮らしており、父と祖父とナンの親しい友人ではあったが、ダフネはいまでも彼女のことがよくわからなかった。そしてどういうわけか、その夜シルヴィアの視線はほかのだれのそれよりもダフネを落ち着かない気分にさせた。

彼らは一斉に質問してきた。ナンも父もヴィスクニスキ警部も。

「それにしてもダフネ、どうして起きてきたの？」

「どうしてここに下りてきたんだ、ダフネ？」

「なにがあったんです、ブレヴァン嬢？」

ダフネの説明はシンプルだった。眠っていたが目を覚まし、空腹を感じたので牛乳を飲もうとキッチンへ下りてきた。食堂を通るとき、娯楽室のドアが開いていて照明が点いているのに気づいた。ここに下りてみたら娯楽室にはだれもおらず、急いで階段を駆け上がって戻ったら、上のドアが閉まっていて鍵がかかっていた。そしてそこに立ってドアを開けようとしていたら、今度は娯楽室の照明が消えてしまった。

同情や驚きの声が上がった。それからたくさんの質問が投げかけられた。地下室を調べるよう指示されていた警察官たちが、空手で戻ってきた。もう一つの階段、つまりボイラー室から食料貯蔵室へ続く階段を上がった所にあるドアは、食料貯蔵室側から施錠されていた。ほかの警察官たちは屋敷内の召使い、屋外の使用人——庭師とその妻、車庫の上に住んでいる運転手——から話を聞きに行き、戻ってくるとみんな就寝中でしたと報告した。

ヴィスクニスキの不安はピークに達していた。彼の部下たちはその晩ずっと敷地内の捜索に明け暮れており、ヴィスクニスキとセイヤーは時々それを手伝っていた。そしていま二人は並んで立ち、森を抜ける小道上の踏みつけられた一帯を調べていた。そこがローズ・ノースロップの襲撃された場所であることは間違いなく、彼女はそこで重い体を引きずるように立ち上がり、必死でまたよろよろと歩きだしたのだ。この丘の上の暗く大きな屋敷中にぱっと照明が灯った時分には。

屋敷はもう何時間も暗く静かだった。なのに深夜二時近くにもなって、この人たちはいったいなにをしていたのか。みんな自分を追い払いたがっていて、十一時には就寝しようとしていたのに。ヴィスクニスキは彼らに順番に質問していった。

ダフネは椅子にゆったりと座り、アンドリューに言われたとおり状況を的確に把握しようと、目を凝らし、耳をそばだてていた。ダフネが最初の徴候を感じたのはそのときだった。足元の固い地面が揺れ、ことばにできないくらいささやかでかすかな価値観の歪みが、これらの明るく鮮やかに塗られた壁のなかに確かに禍々しく潜んでいる。父もナンもシルヴィアも完全な真実を語ってはいない。父はあまりにも無頓着だし、ナンはわざとらしいほど落ち着いていて、シルヴィアは無関心を装いながら必死なのだ。

ナンは片肘を麻雀卓に乗せて頬杖をつき、もう片方の手を前に伸ばして模造コインをもてあそんでいる。ナンはベッドに入ってしばらく眠っていたが、目を覚ますと夫がいないことに気づいたと言った。それで夫を探して下にやってきたら、どこかでかすかに呼び鈴が鳴っているのが聞こえて、最終的にそれが娯楽室の呼び鈴だとわかったのだと。

「この部屋に入るドアは食堂側から施錠されていたのですね、ブレヴァン夫人？」

「ええ、掛け金が掛かっていました」

「ということは、ブレヴァン嬢が誤って鍵をかけて部屋から出られなくなるということはありえないわけですね」

「絶対にありえません」

短く冷たい沈黙が訪れた。答えのない「いったいだれが？」という問いの波紋がその場を支配していた。

ダフネの父は、二階に上がったあと着替え部屋で煙草を吸っていたと語った。だがやがて敷地内を動き回るライトに気がついて、警察はなにをしているのか確かめに外に出たのだと。

父の淡々とした口調にはどこか警戒するような不自然さがあった。それになんて疲れた顔をしているのだろうと思い、ダフネはかすかな良心の呵責を覚えた。わたしが心配をかけてきたのだ。しかし、なぜ父は祖父やローズに味方してきたのか。父も母と結婚したときには貧しかったのだし、ナンだってまるっきりお金がなかった。アンドリューがコルビー一族の人間だって、父には関係ないはずだ。

ヴィスクニスキ警部が話していた。「家を出られたのは何時でしたか、ブレヴァンさん？」

父はおそらく十二時半ごろか、ひょっとしたら一時少し前だったかもしれないと言った。照明が点いたのに気づいたのはわりとすぐだった気がすると。

「外に出たとき玄関には施錠されましたか？」

「いいえ、していません」

ヴィスクニスキはうなるような相槌を打ち、メモを取った。「十二時三十分から一時五分は玄関は開いていた」だれでも屋敷に入れたことになる。ヴィスクニスキはスタージス嬢のほうを向いた。

この元ブロードウェイ女優がグリーンデールに住みついた当初はずいぶん多くの噂が流れ、地元住民たちはほとんどどんな奇妙な言動にも驚かない心構えができていた。いまや小道でポニーにひかせた二輪馬車を操っていたり、犬を連れて町を散歩していたりする彼女はおなじみの存在だ。一時期など、ルーファス・ナイトと結婚するらしいという噂まであったが、そんなことは起こらなかった。十五年前、彼女は大都市のスターだったが、いまや過去の人だ（年をとりすぎているし、容貌も衰えていたので）。しかし、彼女にはひとかどの人物と思わせるなにかがあった。もしかすると、それは彼女が相手を品定めする冷たい態度のせいかもしれなかった。

スタージス嬢は軽く壁にもたれかかり、両手をポケットに突っこんでいた。そしてヴィスクニスキに微笑みかけた。「窃盗罪で訴えないでくださいね、警部。だけどわたしはブレヴァン氏のものを盗むつもりなんです」

ヴィスクニスキ警部は怪訝な顔をした。シルヴィアは物憂げに肩をすくめた。「ライトですよ。それもたくさん（「ライトを盗む」で脚光を浴びる、注目を浴びるの意味がありそれにかけた冗談）。クラブから戻ったあとで、わたしはローズの死を知りました。ブレヴァン氏に電話したんです。たくさんの光が動き回っているのを見て好奇心にかられ、着替えて徒歩で丘を上ってきました。そしたらいきなりここの灯りが点いたんです。わたしはテラスにいたブレヴァン氏に会い、いっしょになかに入りました」

シルヴィアは深く響く低い声《コントラルト》でそう言った。美貌よりも抗いがたく唯一無二のその声には、不思議と刺激的な魅力がある。話し終えたとき、その声はごくたまに彼女が本当に感情を動かされているときの深みを帯びていた。ダフネは困惑した。シルヴィアがローズの死に大きなショックを受けるはずがない。ローズとシルヴィアは互いを毛嫌いしていたのだ。ではシルヴィアはなにに動揺しているのか。

そんな無言の問いかけの重みを感じたかのようにシルヴィアが振り返り、部屋の反対側にいたダフネと目が合った。重たげなまぶたを何気ない風に半眼に開いた瞳の奥には、ダフネがこれまでそこに見たことがなかったなにか暗く陰鬱な警戒心のようなものがのぞいていた。まるで攻撃を受けて、反撃する策を練っているかのように。

そのとき突然、シルヴィアの瞳が変化し、大きく見開かれた。シルヴィアは叫んだ。「ダフネ！ セイヤー先生、見て！ ダフネがけがをしているわ。袖が血まみれ！」

気分が悪くなりそうなほど心臓が跳ね上がった。下を見ると本当だった。シルヴィアにじっと見つめられながらダフネはぎこちなく体を動かし、たっぷりとした桃色の袖の内側をあらわにした。それは肘の部分から袖口まで赤く染まっていた。アンドリューが何者かに殴られてできた耳の後ろの傷から出た血だった。

その場の全員がダフネを見つめていた。セイヤーがダフネとナンのほうに向かってきた。セイヤーは言っていた。「ダフネ、その腕を見せるんだ」ダフネは笑顔を作ろうとした。セイヤー先生に袖をめくりあげられたら、腕になんの傷跡もないことがわかってしまう。みんなにもそれを知られてしまう……ダフネは軽くかぶりを振った。

「大丈夫、ただのかすり傷です。暗闇をうろうろしていたときにやってしまって」

中断がダフネを窮地から救った。その華やかな小部屋は孤立した場所にあって上の静まり返った大きな屋敷内からは隔絶されており、室内に散らばる人々の顔には疲労と緊張が色濃くにじんでいた。そのとき周囲の静寂が、だれかが走っている足音によってぎょっとするほど唐突に破られた。その人物は階段をまっすぐ駆け下りてくる。

物陰から姿を現し、勢いよく部屋に入ってきたのはネヴィル・ワッツだった。ネヴィルはシルヴィアの甥で、シルヴィア同様この屋敷によく出入りしている。

ネヴィルは他のことはともかく、外見にはとても気を使っていた。だがいつもの無造作で非の打ちどころのない彼ではなかった。金髪は逆立ち、ネクタイは片耳の下までずれていて、右眼の下がわずかに変色している。

ネヴィルは息を整えようとしながら言った。「男が――敷地内に――屋敷から脱兎のごとく逃げていった。ここに来る途中にばったり出くわして……いま警察官たちがあとを追っている」

ダフネは周囲がいきなり大騒ぎになり、さまざまな声が飛び交い、部屋から人が出ていったことに気づかずにいた。ただじっと座ってうつむき、膝の上で両手を固く握り合わせて必死で平静を保とうとしていた。

アンドリュー！　ネヴィルが出くわしたのはアンドリューだ。州警察官たちが追いかけているのはアンドリューだ。そしてアンドリューのポケットには皮下注射器が入っている。あの注射器で――ダフネはいまや確信していた――ローズは殺されたのだ。

第九章

ダフネを置いて外に出たアンドリュー・ストームは、闇のなかであたりの様子をうかがうため、芽を出しかけたロードデンドロン（ツツジ属の植物）の茂みに身を潜めた。子どものころはこの土地の隅々にまで精通していたが、それからずいぶん長い年月が流れている。左下のほうで懐中電灯の光が瞬いていた。警察官たちがまだ小道やその両側にある植えこみを調べているのだ。雨は止んでおり、静かな夜だった。ひさしから雫が滴った。

アンドリューは屋敷の角を回りながら、テラスの壁の影から出ないように気をつけた。テラスは全長百五十フィート（約四六メートル）もあってまんなかあたりに開口部があり、そこから幅広で奥行きのない石段を下りると私道の端に出られるようになっていた。そしてこの石段の両側には背の高いコロラドトウヒ（マツ科トウヒ属の常緑針葉種）が灰色がかった塔のように夜空にそびえている。アンドリューは一番近くのコロラドトウヒを迂回しようとして急停止した。二人の人間がその木の陰に立っていたのだ。二人は小声で話をしていた。それはシルヴィア・スタージスとヒラリー・ブレヴァンだった。

彼らがなんと言っているかはわからなかった。察しがついたのは、なにかについて意見を異にしているらしいということだけだ。二人の警戒しているようなやりとりには親密そうな雰囲気があり、アンドリューを驚かせた。

突如、琥珀色の光線がアンドリューの頭上の闇を貫いた。ホールと居間の照明が点いたのだ。ダフネはちゃんと話を聞いていてくれたようだ。

ブレヴァンが鋭く言った。「だれか起きてる。もうなかに入るよ」

シルヴィア・スタージスが言った。「わたしもいっしょにいたほうがいいわ。そうすれば……」その先は聞こえなかった。

足音は遠ざかり、玄関ドアが開いて閉まった。アンドリューはコロラドトウヒの隠れ場所から出かけたが、またそっと戻った。三、四人の男たちが丘を駆け上ってくる。警察官たちと私服の大柄な男とセイヤー先生だ。彼らはアンドリューのわずか二、三ヤード先を駆け抜けていった。アンドリューは彼らが家に入るまで待ち、それから私道を斜めに突っ切って向こう側との境界になっている柔らかい常緑樹のやぶに飛びこみ、男と衝突した。その男は視界を遮る太い枝の陰に立っていて、ちょうどそこを立ち去ろうとしていたのである。

驚きは同じだけ双方の足を引っ張った。二人は激しくもみ合い、死に物狂いで格闘した。アンドリューは相手をふりほどいて逃げようとしたが、相手は彼をがっちり捕まえ、開けた場所に引きずり出そうとしていた。そして相手にはアンドリューには使えない武器があった。声である。相手は割れんばかりの大声で叫んでいた。

それはネヴィル・ワッツだった。猛烈な怒りがわき起こり、アンドリューに新たな力を与えた。アンドリューは去年の秋に狩猟クラブで何度も会ったワッツのことが好きではなかった。ワッツは二人が友愛の心とは無縁の抱擁状態でパキパキというやぶのなかから出たり入ったりするあいだ、余計なことを喚き続けた。はるか丘の下のほうからその喚き声に応える警察官の声がした。アンドリューは歯を食いしばった。いま捕まるわけにはいかない。自分がやりかけたことをやり遂げるまでは。叫び声が近づいてきた。アンドリューはよろめいて、ワッツにつかまれたままバランスを崩した。そしてワッツが両手をこちらに伸ばしてきてガードが甘くなったときに、アンドリューは肘を後ろに引いて飛びすさり、中腰になった。次にアンドリューのこぶしが筋肉と骨を内包する相手の肉を打つと、ワッツは苦痛の呻きを漏らして後方へよろめいた。アンドリューは自由の身となった。

この一帯を知り抜いているのであとは簡単だった。警察官たちはすでに二十フィート（約六メートル）以内に迫っており、懐中電灯で武装している。だが、そんなことは問題ではなかった。アンドリューは広大なやぶに音もなく分け入って右へ進み、警察官たちがやってきた方向へ、そして屋敷のほうへと向かった。警察官たちは彼が屋敷から逃げていくと考えるはずだからだ。アンドリューは警察官たちをもといた場所のほうへ行かせたかった。そこであまり大きくない石ころを探した。しかしあたりは嫌になるほど手入れが行き届いており、石など一つも転がっていなかった。

闇のなかのかくれんぼは、細い光線や興奮した叫び声で切り裂かれた。ヴィスクニスキは抜かりないだろう。警察官たちは敷地前方、および後方の道路上で警戒に当たるよう配置されているはずで、このままでは逃げ道はない。いっぽう、屋敷後方と左側には畑が広がっている。そこにはたくさんのガラス、冷床《フレーム》（植物の苗を守るために、側面に板を張り、上面にガラスやビニールを張ったもの）、小さな温室があった。飛び道具の一つか二つさえあれば、とアンドリューは思った。そしてそれを発見した。空の牛乳瓶二個を二十ヤード（約一八メートル）離れた所から冷床の一群のなかへ正確に投げこみ、通用口の門のほうへ小走りで向かいかけていた警察官は、それらが粉々に砕けた音に仰天させられたのだった。

その警察官の警笛《ホイッスル》が鳴り響き、畑はすぐに取り囲まれた。そこは広大で、たくさんの離れ家、植物を鉢植えで育てるための納屋、空っぽになった放鶏場などと隣接していた。二分後、アンドリューは軽快な大股で、グリーンデールへの道路に続く前方の急斜面を下りていた。そして敷地の境界上に建てられたレンガ塀まで来ると、それをよじのぼって越え、向こう側に下りた。アンドリューは背後をちょこまかとつけてくる小さな灰色の人影には気づいていなかったが、トッドハンターは時おり空のほの白さに浮かび上がる相手の姿を認めていた。

トッドハンターはアンドリュー・ストームを見張るためにグリーンデールに派遣されていたのだ。この小柄な刑事が知っていたのは、ストームの母親が警察委員長の友人だということだけだった。ストームの母親が警察委員長に相談し、警察委員長がマッキー警視に相談し、マッキー警視がトッドハンターに指示を与えたのである。トッドハンターはその晩七時に宿屋の部屋からいつのまにか消えたストームを見失っていたのだが、もう二度と同じ轍を踏むつもりはなかった。道路と下の谷のあいだには、幅半マイル（約八〇〇メートル）ほどの太い森林帯があり、その後、町外れが続いていた。

トッドハンターはストームがその森林帯に入っていくものと思っていた。だが、ストームはそうしなかった。彼はおおむね狩猟クラブの方角へ赤い納屋を過ぎて道路沿いに走っていくと、森を抜ける小道への入り口になっている石垣の隙間へ向かった。この小道の前まで来ると状況をうかがうために立ち止まり、それから右側のやぶに分け入って道路と平行に走っている石垣に沿って進んだ。ストームの歩みは遅々としていた。数フィート進むごとにじっと立ち止まり、マッチを擦る。そのごく小さな炎は、やぶと低木越しにかろうじて見える程度だ。石垣の隙間から四、五ヤード（約三・七～四・六メートル）進んだ所で彼は立ち止まるとその場にひざまずいた。

その夜、その闇、その高い鐘の音のようなカエルたちの鳴き声、その長老のものと思しき深くしわがれた一声、小さなため息のように森を揺らすそよ風、そこに別の音が聞こえてきた。それは車が突進してくる音だった。

ストームは低い茂みのなかでじっと動かず、トッドハンターもその茂みの外縁で同じくらい微動だにせず対象の尾行を続けていた。一台の警察車両がカーブを曲がって近づいてきた。車はゆっくりと進み、両側のステップに懐中電灯を持って警察官が一人ずつ乗っている。彼らは輝く光線で新緑の茂みをあちこち貫いていた。

振り向くことなく、トッドハンターは背後の茂みのなかに聞こえるように言った。「そのままそこにいなさい、ストームさん。動かないで」トッドハンターは道路へ踏み出した。

車《フォード》に乗っていた男たちは、トッドハンターの姿に気づいた。彼らは叫び声を上げ、フォードは甲高いブレーキ音とともに急停止した。警察官たちは相手がトッドハンターであると知って落胆した。トッドハンターは少しのあいだ彼らと話をした。ストームは十五分ほど前にナイト邸付近をうろついているところを目撃されている。逃げられてしまったが、まだそう遠くへは行っていないはずだ。道路はすべて監視下に置かれている、と彼らは言った。トッドハンターが「わたしも目を光らせておきましょう」と言うと、フォードは急いでグリーンデールに向かって走り去った。

赤いテールライトが見えなくなるとすぐ、トッドハンターは小さなペン型ライトを使いながら、道路と塀のあいだの肩の高さまである茂みに入っていった。アンドリュー・ストームは塀の横の山桜の木の幹にもたれて立っていた。短く刈り込んだ黒髪で帽子はかぶっていない。彼は帽子を小脇に抱えていて、帽子の頭の部分を下に、つばを上にして、そのつばの端同士をぴったりと重ね合わせているため、小ぶりでみすぼらしい灰色のフェルト製買い物袋のように見えた。

二人の男は互いを見つめた。

トッドハンターが言った。「こんばんは、ストームさん。危機一髪でしたね？　それにはなにが入っているんです？」トッドハンターはライトの光をさかさまの帽子に向けると、他人の釣果に興味津々の漁師のように首を伸ばした。

ストームは少しのあいだ相手を冷たく見つめていた。「あんたはいったい何者で、こんな所でなにをしている？」彼は冷静にそうたずねた。

トッドハンターは穏やかに答えた。「あなたは昨夜、ニューヨークのケアリー警察委員長と話をされましたね？」

「ああ」

「わたしはセンター・ストリート（ニューヨーク市マンハッタンを南北に走る通りの名前）の者でして、なにが起きているか様子を見てこいと警察委員長から遣わされてきました。その帽子を拝見させていただきましょう」

トッドハンターはそのとき起きたことについて、のちにひどく自分を責めた。要するに、双方とも相手を見くびっていたのだ。トッドハンターはアンドリュー・ストームの不信の念、すばしこさ、大胆不敵さを、ストームはトッドハンターの頭の良さ、判断力、有能さを侮っていた。ストームの身のこなしはあまりにすばやく、小柄なトッドハンター刑事は充分に用心していたにもかかわらず、完全に不意を突かれる格好になった。

アンドリューは物憂げに直立し、ため息をついた。だが、そのため息をつきおわる前に突進した。彼はトッドハンターが塀であるかのように向かっていき、刑事を地面に引き倒すと、長い脚で跳び上がり闇のなかに消え去った。しかし、アンドリューも無傷ではなかった。突撃のさなかに、トッドハンターに帽子を奪われていたのだ。

トッドハンターは立ち上がると、悲しそうに服から土埃を払い落とした。耳を澄ましても、ストームがどちらに逃げたかを教えてくれるような物音は聞こえなかった。応援を呼んでも無駄だ。どうせ遠くまで逃げられてしまっている。自分で自分の首を絞めてしまった。

マッチを使って（ペン型ライトはどこかに消えていた）トッドハンターは戦利品をつくづくと眺めた。その帽子にはガラスの破片がいくつかと、少しばかりの土、枯れ葉数枚が入っていた。トッドハンターはそこに立ったまましばらく考えこむように帽子を見つめていたが、やがてくるりと向きを変えると、森を抜ける小道をグリーンデール目指して猛然と走りだした。

第十章

丘の上の屋敷について言えば残りの夜は静かなものだった。セイヤー、ネヴィル・ワッツ、シルヴィア・スタージスは帰った。二名を除いて警察官たちも帰った。ブレヴァン夫妻とダフネもベッドに入った。そして驚いたことに、ダフネはいつのまにか眠っていた。アンドリューが逃げおおせたという安心感が睡眠薬のように作用したのだ。彼はいまも捕まっていない——現時点ではそれだけで充分だった。だがその気持ちも長くは続かなかった。いまにも雨が降り出しそうな灰色の朝、クリフトップにまた警察官たちが現れた。

アンドリュー・ストームの人相や特徴はすでに東西南北に連絡され、道路は見張られ、バスの運転手たちにも警戒が呼びかけられ、自家用車は州境で検問され、敷地内は水も漏らさぬ布陣で捜索されており、その厳戒態勢は日の出とともに強化されていた。

ダフネと父とナンが朝食を取っているときに警察官たちが到着した。ナンは普段、十時か十一時まで起きないのだが、その日はやらなければならないことがたくさんあった。これまではローズが家政一切——必要物資の発注、献立の計画、使用人たちへの指示などを取り仕切っていた。だがローズは死んだ。だれかがその代わりをやらなければならない。なかでも喫緊の問題として——避けて通るわけにはいかない——祖父にローズの死を告げなくてはならなかった。

フーパーに案内されてヴィスクニスキが部屋に入っていくと、ルーファスはまだ眠っていた。ヴィスクニスキは検事補で速記者でもあるブロートンといっしょだった。ブロートンは仕立ての良い服を着たスマートで如才ない男で、中心にぎゅっと寄った感じの微笑んだ黒い瞳とふっくらした拗ねたような口元をしていた。ブロートンはとても礼儀正しかった。ルーファス・ナイトはこれまでもいまも州内有数の重要人物なのだ。しかも莫大な資産家である。ヒラリー・ブレヴァンはナイトの代理かつ町議会の議長で、地元銀行の副頭取でもある。そしてその夫人は美しく、ファッショナブルな女性だった。

巨大な窓の外では、実のなる木立が青灰色の空を背景に金色のつぼみを掲げていた。ダフネの向かい側にいたナンは手紙を開封しながら、手配すべきあれこれについて話しており、肌の白さ、艶やかな髪の銀色の輝きを引き立たせる青い錦織《ブロケード》のワンピースが良く似合っている。ダフネの父は立っていた。

「みなさん、お掛けください」

ヴィスクニスキ、ブロートン、そして秘書は座った。

ヴィスクニスキは落ち着かず、居心地が悪かった。彼は優しい男で、ダフネ・ブレヴァンに心から同情していたのだ。口のうまいどこその馬の骨に恋をした娘は彼女が最初でもなければ最後でもなく、目下、ストームには不利な証拠が山積みである。ヴィスクニスキは、この部屋から出ていきたくはないですかとブレヴァン嬢にたずねた。「昨夜すでに供述はしていただいていますから……」

ブロートンがにっこり笑った。「ブレヴァン嬢にはここにいていただいたほうが良いでしょう。あとでお話したいことがありますので」

ブロートンは事実を説明しながら、ダフネをじっくりと観察した。アンドリュー・ストーム氏に逮捕状が出ました……。

ダフネは必死で平静を装った。いくら予想していても、実際にそうなったときの衝撃はつねに想像以上だ。それはあまりに決定的で、もう覆せないように感じられた。レースのテーブルクロス越しにナンがほっそりとした手をダフネのほうに伸ばしかけて引っこめた。ナンはダフネが泣き崩れ、取り乱すのを恐れていた。ナンは感情的なやりとりが大の苦手なのだ。予期せぬ激しい感情表現はなんであれ、ナンを困惑させ、うろたえさせた。だがダフネに泣き崩れるつもりはなかった。自分の殻にじっと閉じこもり、ブロートンの説明に耳を傾けた。

それはじつに卑劣な告発だった。ブロートン曰く、アンドリュー・ストームには目下、捜査中の殺人を犯す動機と機会が揃っている。彼は無一文の若き弁護士でブレヴァン嬢との結婚を望んでいた。ナイト氏に屋敷から追い出されたストームは、去年十一月のナイト氏の事故発生に関与していた。だが邪魔なナイト氏を殺害する企てに失敗するとそれが露見することを恐れて、しっぽを巻いて逃げ出した。五カ月間はなにも起こらず、ナイト邸は平穏だった。だがそんなときストームがグリーンデールに戻ってくる。その三日後、ノースロップ嬢が殺された。

ブロートンはローズが死の前日の午後に、宿屋にいるアンドリューに会いに行っていることに触れた。その後、ノースロップ嬢がセイヤー医師に電話で話したことから判断して、ストームがルーファス・ナイトを殺害しようとした証拠をノースロップ嬢が所持していたことは疑いの余地がない。セイヤー医師の友人で、その電話があったときに居合わせたギルブレスは、ストームが診療所の窓の前をうろついていたのを目撃している。会話の内容はストームがいた場所まで聞こえていたのかもしれない。我々は三十分前にそれを検証してみた。残りの部分については自明であり、ノースロップ嬢の死が殺人であると判明したときにストームが逃亡したのは、婉曲な罪の告白のようなものである。

　クリフトップの朝食室は小さな温室に面しており、引き戸がその二つの空間を隔てている。この引き戸は家族が朝食を取っていたその朝は開け放たれていた。なお、温室にはホールからも入ることができる。

　ダフネは温室のほうを向いて座っていた。テーブル下の膝の上で両手を固く組み合わせ、遠くの窓の前に並ぶ白い霜のようなヒナギクの一群を見つめたまま。ローズが……殺害され……アンドリューが……逃げた。ダフネは、昨晩アンドリューのポケットから取り出したあの嫌な小さな銀の注射器を思い浮かべていた。あれはだれかが入れたのだ。ダフネはそれを信じなければならなかった――そして実際に信じていた。そのとき一つの影が三十フィート（約九メートル）離れた所にある可憐な白い花々を翳らせ、次第に近づいてきた。

　最初に祖父に気づいたのはダフネだった。祖父は寝巻の上から灰色のウールガウンを羽織った姿で、引き戸の開口部にじっと立っていた。祖父は杖を持っていた。その杖を床に一度だけ突いたコツンという音が、みなの注意を向けさせ、なにが起こったか気づかせた。ブロートンの熱弁の余韻がまだ室内に残っていた。祖父はなんの心の準備もないまま、考えられる限りもっとも暴力的な方法で知らされたローズの死と、それが他殺だという事実に愕然としていた。

　彼ら、つまり父、ナン、そして三人の来訪者たちはすぐに全員立ち上がった。ダフネはなすすべもなく、悲しみに打ちひしがれたまま椅子から動かなかった。ナンが小さく叫び、ダフネの父は「ルーファス」と言い、彼に駆け寄っていった。

祖父は彼らには目もくれずに言った。「座れ」その声は意外なほど抑制が効いていた。だがそこには強烈な刺々しさがあった。祖父は深く息をしていた。

だれも動かなかった。祖父は杖に寄りかかり、まっすぐ前の虚空を見つめていた。その目は大きく見開かれ、瞳孔は燃えるような黄色の瞳を目立たせ、丸い頭はがっしりした肩のあいだでやや前方に突き出されている。また、鼻腔がふくらんだりへこんだりしていた。

「ローズが――死んだだと！」祖父の口調は不気味だった。あまりにも小声で、まったく驚きが含まれていなかったからだ。「死んだだと」祖父はそっと繰り返した。「とすればローズは――正しかったわけだ。ローズは――わしにしかるべき対策を講じるよう求めていた」祖父の息づかいが速くなった。「わしはあれの言うことに耳を傾けるべきだった。そうとも、こうなったからには――」なにを言うつもりだったにせよ、祖父がそれを言い終えることはなかった。彼のまなざしは動かず、虚ろで、感情がなくどこか不自然だった。不自然で恐ろしいその目はゆっくりと一同を見渡した。ナン、父、ダフネ、三人の来訪者、そしてまたダフネに戻ってきた。祖父の胸が大きく上下し、鼻から口角にかけてのしわが急に深くなり、ガウンの上の首の脈動が速くなった。祖父はまるでなにかを飲みこもうとするように口を開けたかと思うと、その上顎と下顎は音もなく閉まり、持っていた杖を落とすと、どさりと床に倒れた。

叫び声が上がり、指示やそれを打ち消すことばが飛び交った。父はセイヤー先生に電話をかけ、フーパーが駆けこんできた。フーパーが主人の朝食を取りにいっていたので、祖父は一人きりになっていたのである。ナンが祖父の横にひざまずいており、フーパーがその反対側にひざまずいていて、ともに祖父を助け起こそうとしていた。ブランデーが運ばれてきて、窓が開けられた。セイヤーは十分以内にやって来た。

祖父は自分の部屋に運ばれ、ベッドに寝かされた。セイヤーは彼に刺激薬を与え、簡単な診察をすると安心させるようにこう言った。ルーファスは死んでいないし、死に瀕してもいない——しかるべき予防措置さえ怠らなければ。しかし、彼はひどいショックを受けている。長年にわたりローズとは親しい間柄だったのだ。最良の状況、つまりルーファスがそれを予期していた場合でも、ローズの死はやはり大きなショックだったろう。だがあんな形で知ってしまったのだ……セイヤーは看護婦をつけたがった。注意深い看病が必要だと言うのである。

ナンが難色を示した。「彼がどれほど正規の看護婦を嫌っているかご存知でしょう、先生。以前そのことで大騒ぎになったのを覚えてませんか？　看護婦さんにお願いしたら、ルーファスは自分が深刻な状態なのだと思いこんでしまいます。看病ならダフネとフーパーとわたくしでなんとかなりますわ。フーパーはとても有能ですもの」

とりあえずということで、セイヤーはしぶしぶ同意した。「今日の午後早いうちにまた様子を見にきますから、そのときに改めて判断しましょう」

セイヤーは屋敷を去る前に、ダフネと二人きりで短いことばを交わした。セイヤーが書斎から出てくると、青白い幽霊さながらのダフネがホールをうろうろしていたのである。セイヤーはダフネに、きみのおじいさんは重篤な状態ではないと告げた。そしてこちらを見上げている小さな顔が明るくなる気配がないのを見て取ると、そっけなく言った。「やれやれ、胸が張り裂けそうなほどアンドリュー・ストームのことを心配しているんだね、ダフネ？」そしてダフネが無言でうなずくのを見てこう続けた。「だとしたらやめるんだ」

「リチャード――それはどういう意味？」

セイヤーはにこりと笑った。「現在のストーム犯人説は、あくまでも状況証拠に基づいたものでしかないということさ」セイヤーは笑みを消した。「ローズを殺したかったかもしれない人間はほかにも大勢いる」思案ありげにダフネの後方を見つめるセイヤーの灰色の瞳は冷たく、口元はぎゅっと引き結ばれていた。「彼らがストームに不利な証拠としているのは、昨夜七時半にストームがこっちに向かっているところを目撃されているということだけだ。それがどうだと言うんだ？　グリーンデールの住民の半分がこのあたりをうろついていたかもしれない。タクシーがうちの前に止まったとき、あたりはきみの帽子のように真っ黒だった。いいかいダフネ、わたしはストームの伯父マイケル・コルビーをかなりよく知っていた。アンドリューはその伯父によく似ているんだ。彼らは人殺しができるような血筋ではない」

セイヤーの静かなことばを聞いているうちに、ダフネは全身がぬくもってくるのを感じた。リチャード・セイヤーは口数が多いほうではなかったが、なにか言うときはいつだって的を射ていた。それに甘すぎるタイプでもなかった。セイヤーには幼いころから物事に向き合わされたし、血清を打たれ、頭の傷を縫われ、ポニーから投げ出されたときには腕の骨を正しく接ぎ合わされた。ダフネが「それは痛いですか、先生？」とたずねたとき、セイヤーは正直に答えてくれた。「ああ、少し痛いよ。だけどものすごく痛いってほどでもない。きみは痛みに耐えることを学び――それを好きにならなければ」

ダフネはセイヤーに話した。昨晩、ローズが彼と電話していたときに書斎のドアが開閉されたことを。

セイヤーは強い興味を示した。「ほらね、ローズがこの屋敷を出たとき、その行き先を知っていたのはストームだけじゃなかったわけだ」セイヤーはそこでちょっと黙り、階段を見上げ、開いたドアから居間のなかに視線を向けた。だれの姿も見えない。セイヤーは険しさを含んだ低い声で続けた。「とりあえず、いまの話はきみの胸に止めておいたほうがいい。そして、できれば人の注意を引かずに突き止めるんだ。そのときホールにいることができたのはだれなのかを。警察は、わたしとギルブレス以外でその電話について知っていたのはストームだけだと思いこんでいる。だが、これでもう一人いたことが判明した」

「もう二人よ」ダフネはにこにこしながらそう言った。「わたしを忘れているわ」

セイヤーはダフネをまじまじと見つめた。彼は両手をダフネの両肩に置き、瞳をのぞきこんだ。そしてゆっくりと言った。「ダフネ、約束して欲しい。わたしがいいと言うまで、ローズの電話の最中、書斎にいたことを警察にもほかのだれにも言ってはいけないよ」

「だけど、もしそれがアンドリューの助けになるなら――」

セイヤーは辛抱づよく言い聞かせた。「アンドリューの助けにはならない。少なくともいまは。これはきみの切り札なんだ――わからないかい？　警察にはローズの予定を知り、特定の時間にどこにいるのか知っていたのはストームだけという、彼らの仮説を信じさせておこう。彼らがその説に注力すればするほど、当てが外れたときの衝撃は大きくなる」

セイヤーの言うとおりだった。しかし、ただ待つことはとても苦しかった。セイヤーは帽子をかぶって上着を羽織り、往診バッグを持った。ダフネは喪失感とともに彼の車が私道を走り去るのを見送った。ダフネがアンドリューのことを話せる相手はセイヤーだけなのだ。

あとから知ったことだが、そのときブロートンとヴィスクニスキ警部は父とともに朝食室にいて、ローズがセイヤーの所に持っていくと言っていた証拠とはなんなのかと父に質問していた。それはおそらく、ローズのハンドバッグに入っていたのだ。そしてそのハンドバッグはいまだに見つかっていない。父が彼らに教えられることはなにもなかった。ローズから秘密を打ち明けられてはいなかったのだ。ブロートンとヴィスクニスキはナンを呼びに行かせ、ダフネはナンと交代するために祖父の部屋に行った。祖父は眠っていた。あるいは少なくとも目を閉じていた。フーパーはベッドの傍らに腰掛けていた。

それはダフネにとって願ってもない好機だった。ダフネは老執事に囁き声で話しかけ、あからさまにたずねることなく、ローズがセイヤーに電話をしていた昨晩六時にみんながどこにいたか突き止めようとした。ダフネは、その時刻にホールから奇妙な音がしたのだと話した。「もしかして女中のだれかかしら、フーパー？」

しかし、フーパーはそれが使用人であった可能性を否定した。わたしは六時少し前から六時過ぎまで二階のサービス用食料貯蔵室《パントリー》であなたのおじいさまの夕食の用意をしており、ほかの使用人たちはみんな一階で夕食を取っていました。フーパーはだれもそこを通らなかったという理由でそう断言した。

またしても、ダフネの背筋を冷たいものが走った。だとすれば、あとは父とナンだけだ——そんな馬鹿な。そのどちらかが屋敷のなかをこそこそ歩きまわったり、すばやく角を曲がって隠れたり、ドアを開閉したり、ローズが廊下をのぞいたときに物陰に身を潜めるなんて考えられない。でもだれかがそうしていたのだ。

ダフネは午前中の残りを書斎で過ごし、鳴れば電話に出た。時間は遅々として進まなかった。地元の新聞各紙はこぞって事件について書き立てていた。「ローズ・ノースロップ謎の死を遂げる。ルーファス・ナイトの従妹、タクシーで死す」だが、詳しいことはほとんど書かれていなかった。また、祖父の顧問弁護士であるグラウト氏が、ダフネが女中と交代して昼食に行く直前にニューヨークから電話してきた。グラウト氏からルーファスに代わって欲しいと言われたダフネは、祖父はショックから体調を崩していると伝えた。グラウト氏はそういうことなら、そちらにうかがう予定を翌日に延期すると言ったのだった。

シルヴィアが昼食の最中に現れ、警察に自宅から追い出されたと言い放った。彼女の自宅は使っていない部屋がたくさんある長くて四方八方に伸びた家で、いつもドアや窓が開け放たれていた。警察はそこにストームが隠れているのではないかと考えたのだ。シルヴィアは繊細な手でトマトジュースにタバスコを入れながら、さらりと言った。「あの若者がさっさと警察に捕まって、自らの言い分を訴えてくれたほうがわたしたち全員のためだわ」

シルヴィアはナンに話しかけていたのだがダフネを見ると、その「全員」ということばを強調した。ダフネはカーッと体が熱くなった。そして頭に血が上るのを感じた。静かに椅子に座ったまま食事をしているふりを続けるのは難しかった。なぜシルヴィアに、たとえほのめかしにせよ、アンドリューに対するわたしの反応がどうあるべきか指図されなければならないのか。ナンや父の反応についてもそうだ。父もナンもなにも言ってはいなかったのに。

ナンは急いでローズの葬儀の段取りについて話しはじめ、食事は終わった。その後、父が職場を抜けて祖父の様子を見にきて、また出かけていった。セイヤー先生も来て、帰った。屋敷は出入りする人だらけに思えた。

そしてそのあいだじゅう捜索は続いていた。ドアが開くたび、ダフネは心臓が口から飛び出しそうになり、緊張感は次第に耐えがたいものになっていた。

ヴィスクニスキ警部とブロートンは仮の捜査本部を食料貯蔵室奥のフーパーの居間に設け、水も漏らさぬ厳重さで敷地内を捜索している警察官たちから報告を受けていた。ヴィスクニスキはひどくいらだっていた。彼はすぐに容疑者を捕まえられると思っていたのだ。最初の時点でストームに大きく水を開けられたわけではない。ストームへの警報は、ネヴィル・ワッツが庭で彼に出くわしてから十分以内に発令された。敷地内の全建築物、あらゆる茂み、あらゆるやぶがくまなく捜索されている。そしてその捜索は周囲の土地にも拡大された。しかし、いまのところ成果は上がっていない。いったいストームのやつはどこに隠れているのか?

午後になり灰色の光が濃くなるにつれて増してゆく不安に苛まれながら、ダフネも同じことを考えていた。アンドリューにとって夜のあいだ身を潜めているのはそれほど難しくなかっただろうが、日中はどうやって警察官たちを避けているのか。どこに隠れ、どうやって食料や寝る所を確保しているのだろう。

ほかにも疑問はあったが、ダフネはそれをいちいちことばにして自問しないようにしていた。だが心の奥底にその疑問はあり続けた。そして最終的にそれを声に出したのは、四時過ぎにやってきてダフネを散歩に誘ったネヴィル・ワッツだった。

ダフネは屋敷を抜け出せて嬉しかった。ヴィスクニスキとブロートンは一時間前に立ち去っていたが、彼らの不在は一時的なものに過ぎない。目下ダフネは、自分が新しい動きをするたびに、どこからともなく警察官が現れることに気づいていた。

初めネヴィルは優しかった。彼は一カ月前にダフネに結婚を申し込んでいた。いつもと同じように何気なくこう言ったのだ。「きみとぼくが結婚するというのはどうだろう、ダフネ？　きみは本当に可愛らしい子だ。ぼくたちはとびきり似合いの夫婦になれると思うんだ」

ダフネも同じくらい何気なくこう返した。心臓の鼓動がわずかに速まることさえなかったからだ。「そうかしら、ネヴィル？　あなただってとても感じのいい子だし、わたしはあなたが好きだけど、結婚というのは――いまのままで結構よ」

それでその話は終わりだった。ネヴィルは二度とダフネに言い寄ることはなかった。

いつもと変わらず素っ気なくのんきな彼の姿は、ダフネを元気づけてくれた。彼はダフネを見て気づかってくれた。「気分転換をするんだ、ダフネ」ネヴィルは屋敷の裏の丘を登りながら、有無を言わせぬ口調でそう言った。「勝負はまだ終わっちゃいない。五千万人のフランス男だって間違うことがあるんだぜ（一九二七年のミフ・モールの曲『Fifty Million Frenchmen Can't Be Wrong』にかけている）。ましてや例のキーストーン・コップ（一九一〇年代にアメリカで活躍したコメディアングループで警官隊がドタバタ喜劇を繰り広げるというスタイル）たちときたら――ぼくなら連中にぼくの心配はさせないでおくな」ネヴィルはダフネに抜け目のない視線を向けた。「あのストームってやつが好きなんだろう？」

ダフネはうなずいた。「あなたは去年の秋にだれよりも早くそのことを知っていた」

「ストームがきみのおじいさんの仇だとは知らなかったけどね。憎しみがそんなに長いあいだ続くなんて不思議だよ。なぜきみはさっさと彼と駆け落ちしなかったんだい？　ルーファスもいずれは折れただろうに」

ダフネはそのとき本心を打ち明けてしまいそうになった。「昨夜、そうしたかったわ」と口の先まで出かかっていた。だが、実際は肩をすくめただけだった。

その後、二人は別のことを話した。自分でも意外だったが、ダフネは本当にその散歩を楽しんでいた。ネヴィルは自らそうしたいと思い、そうなるべく努力したときには魅力的だった。もっとも、これまでダフネ相手にそういう努力をしたことはほとんどなかったのだが。ネヴィルはダフネがまだ子どもであるかのように、甘やかしたり、からかってばかりいたのだ。

小川に架けられた橋を渡りながら、ダフネはネヴィルがするヴィスクニスキの物まねに声を上げて笑っていた。しかもネヴィルは、さりげない距離をあけてついて来る警察官から丸見えの状態でそれをやってのけたのだ。ヴィスクニスキ警部は偏平足だった。

ダフネは言った。「そんなこと言って、あの人だって好きで偏平足になっているわけじゃないのよ。あなたって口が悪いのね、ネヴィル」

「なにを言うんだ」ネヴィルは言い返した。「ぼくはただ、いついかなる状況でも自らの批判的バランスを保てるだけさ――きみも見習うべきだと思うね」ネヴィルは己の胸を軽くたたいた。「なんびとにも慈悲の心を抱かず、すべての人に悪意を持って（「なんびとにも悪意を抱かず、すべての人に慈悲の心を持って」というリンカーンのことばにかけている）。この世は悲しくも、悪に満ち、狂っていて、なんでもありなんだ――捕まらない限りはね」

しかし、その一時間弱の散歩の終わりにまた屋敷近くに戻ってくるにつれて、ダフネのかすかに浮き立った気持ちは沈んでいった。風雪を経た巨大な石垣が丘の頂に沿って並んでいるさまもダフネには恐ろしく見えた。まるで災厄が棲みついていて、塀の内側で彼女やみんなを捕まえて押しつぶしてやろうと待ち構えているかのように。空からは色が消え、夕暮れが迫っていた。薄闇色の空を背景に、背の高い常緑樹が冴え冴えと黒かった。

ダフネは妙になかに入りたくなくていっそうゆっくりとした足取りで庭を抜け、噴水を通り過ぎ、黄昏のなかで痣のような緑色に見える起伏のある芝生に来た。前夜、アンドリューと雨宿りをした木がそびえ立っていた。前夜――まるで一カ月前のことに思える。アンドリューはいまどこにいるのだろう。ダフネは自分の考えていることをネヴィルがことばにしているのに気づき、その場に立ち尽くした。

「アンドリュー・ストームはどこにいるんだろう?」ネヴィルは繰り返した。そして振り返って、ダフネを見下ろした。彼のまなざしは居心地が悪くなるくらい鋭かった。「知っているのかい?」

「もちろん知らないわ」ダフネは当初からの主張を貫いた。「彼とはもう何カ月も――」

ネヴィルは静かに言った。「ぼくはだまされないよ、ダフネ。きみが昨夜一時に娯楽室にいたとき着ていたガウンの袖の血――この話はシルヴィアから聞いたんだ。彼と取っ組み合いをしたとき、ぼくの上着やシャツの前にも血がついた。ぼくの血じゃない。ストームの血さ。きみは昨夜、彼に会ったんだろう?」

ダフネは返事をしなかった。返事できなかった。完全に不意を突かれていたのだ。だが返事するまでもなかった。ネヴィルは彼女の表情から真実を読み取っていた。

顔から快活さが消え、ネヴィルは不機嫌そうに言った。「いいかいダフネ、もう少し分別をわきまえたらどうなんだ。なぜもう少し待たない? いまこう言うのはぼく自身のためでも、きみのお父さんのためでも、おじいさんのためでもないんだぜ。それにぼくはストームがローズを殺したと言っているわけじゃない。だが警察は彼がやったと考えていて、それは――とにかく、今回の事件に関わったりすればきみは大変な目に遭うことになる。あのブロートンという男は名声を求めていて、必ず圧力をかけてくるだろう。きみは自分がどんな状況に陥りつつあるのかわかっていない――それはきみがどうこうできるようなものじゃないんだ。それどころか、確実に裏目に出るだろう。だがこの騒ぎが終わり、ストームの潔白が証明されたらまた話は違ってくる。いまは――現在のところは――関わり合いになるんじゃない。彼と会うべきではないし、いかなる形でも連絡を取ってはいけない……絶対にそんなことはしないと誓ってくれ」

ダフネはなにも言わなかったが心のなかではこう叫んでいた。「アンドリューはローズを殺していない。彼がそんなことをするはずがないわ！」

ダフネの両手を放し背を向けたネヴィルが、彼女の心の奥に一日中くすぶっていた疑問を口にしていたのはそのときだった。

「潔白なら、なぜあいつは姿を消したんだ、ダフネ？　無実の男はしかるべき理由もなく逃げたり、隠れたりしない」

それはもっともだった。そのことばは波のように彼女に打ちかかり、屈服させ、推測や憶測の黒い底流のなかに引きずりこんだ。ダフネはネヴィルが去ってからもどれくらいかわからないあいだその場にとどまり、テラス前の砂利の上を行ったり来たりする警察官を見るともなく眺め、家に帰ってきた父、私道をやってくるセイヤー先生の車を見つめていた。ダフネは家に入りたくなかったし、まだだれとも顔を合わせたくなかった。

ダフネは庭の境界となっている石垣のところへ歩いていき、両肘を乗せて立ったまま長く続く急傾斜を見下ろした。その美しいエメラルド色の斜面には、あたりを潤し、芝生を青々とさせている泉を取り囲んでぽつぽつとある低木のやぶを除けば樹木がなかった。そうしたやぶの一つがこの石垣のすぐそばにあり、風に吹かれて傾いていた。幼いころのダフネは、隠れた斜面にシダが生え、底に水をたたえたこうした杯状の泉に魅了されたものだった。

ふいにアンドリューが彼女の名前を呼んだ。「ダフネ」と言った彼の声は抑えられていたが、明瞭だった。それはどこか近くから聞こえてきた。ダフネは転びそうになる体を支えるために石垣の端を握りしめ、必死であたりを見まわした。三百ヤード（約二七四メートル）以内にはだれもいない。だがまた名前を呼ばれた。それは下のほうから聞こえていた。そのとき彼女は理解した。

アンドリューはすぐそこに隠れているのだ、周囲の芝の表面からわずか一フィート（約三〇センチ）程度の高さの絡みあった枝からなる人目を欺く覆いの下に。その絡まった木の枝は、中央部分は深さ三フィート（約九一センチ）から六フィート（約一・八メートル）ほどもある丸い穴を隠しているのである。

ダフネは石垣からいっそう身を乗り出して、新芽からなるキノコのようなやぶ越しに彼の姿を見ようとした。だが、見えなかった。しかしアンドリューにはダフネが見えたらしく、こう言った。

「そんなふうにしては駄目だ、だれか近くにいるかもしれない。だれかいるかい？」

ダフネは言った。「ええ、警察官が一人、芝生の向こう側のテラスのそばにいるわ」

アンドリューは言った。「だったら、ぼくらの話し声は聞こえないな。石垣に座って、景色を眺めているふりをするんだ」

ダフネは言われたとおりにした。アンドリューがこんなにそばにいるのに機械的な動作をやり遂げ、何気ないふうを装うのは難しかった。だが件の警察官がじっとこちらを見つめている。

アンドリューはダフネに簡単に説明した。昨夜あちこちへすばやく移動して警察から逃れていたが、あたりが明るくなってからはそうはいかない。「夜明けごろには森のなかに隠れていたんだ。それから一日がかりでここまで来た。五、六回は居場所を変えたけど、毎回かろうじてなんとかなった。そして最初のころと比較して少しも状況は良くなっていない」

ダフネはネヴィルから言われたことを考えていた。「無実の男は逃げたりしない……」だがアンドリューは彼女の心が読めるかのようだった。

「なぜぼくが隠れているか知りたいんだろう、ダフネ?」アンドリューはたずねた。「そのわけを話そう。ぼくはやつらに、必要なときにきみに連絡できない場所に閉じこめられたくないんだ。この深い穴のなかでなにか役に立つことをしているわけではないが、あたりが暗くなったらすぐにまた移動するつもりだ。芝生に上がり、昨夜と同じ木にまた登る。あそこなら屋敷から近いし、なにが起こっているか見えるからね」

ダフネは驚きの声を上げた。

アンドリューは安心させるように言った。「心配しないで。必要もなく危険を冒したりは絶対にしない。もうそれほど長くはかからないだろうし」

「なにが長くはかからないの?」

「トッドハンターというニューヨークの刑事が、ローズ・ノースロップ殺害犯の足取りをつかむまでさ」

ダフネはぎょっとした。「いったいどういうこと?」

アンドリューは言った。「昨夜ローズ・ノースロップが皮下注射器でぶすりとやられたあと、犯人は大急ぎでその場を去った。何者であるにせよそいつは下の道路沿いの石垣前の茂みに瓶を投げ捨て、それがどうなったか確認もせずに行ってしまった。そしてそれは、きみに会いに行く途中のぼくの頭のすぐそばを通り過ぎたんだ」

ダフネはきょとんとした。その瓶とローズの死にどんな関係があるのかわからなかったのだ。だがアンドリューはそれ以上、説明しようとはしなかった。のみならず、人の注意を引かないうちに家に戻ったほうがいいとダフネに勧めた。「近々しかるべき進展がなければこっちからきみに連絡するよ。あたりが暗くなったらすぐに、ぼくは例の木に向かう」

ダフネは彼のことばに満足するしかなかったし、満足していた。彼女の疑念は消えていた。アンドリューはローズ殺しにダフネ同様、まったくの無関係なのだ。ダフネはうきうきと芝生を上った。ダフネがテラスまで来ると、そこでは父とシルヴィアが行きつ戻りつしており、ナンは前面の窓辺に立って外を眺めていた。といってもダフネではなく、ダフネがやってきたほうを見つめている。ドアの前で、ダフネは肩越しにさっと後ろを見て安心した。ここからはわたしが座っていたあたりの石垣はまったく見えない。例の木が目隠しになっているのだ——あとでアンドリューが登ると言っていたあの木である。ダフネがアンドリューに会ったことを知る者はいない。彼は安全だ。ダフネの心は躍った。

ダフネは屋敷のなかに入った。

ダフネは自分の顔、声、態度がどれほど多くを物語っているかを自覚していなかった——しばらく経つまで。そして気づいたときにはもう遅かった。

第十一章

家に入るとダフネの明るい気分は急速にしぼんだ。浮き立つ気持ちに襲い掛かり、周囲にできたバリヤーを殴打し侵入してきて、アンドリューは近くにいて無事だという安心感や、最後にはすべて解決するという信頼を攻撃してくるものが多すぎたのだ。生きているときのローズは絶大な権力を持ち神出鬼没であった。そして死んでからのローズは、空気そのものに浸透しているかのようだった。ローズから逃れるすべはなく、その死によって引き起こされた残響は続いていた。

セイヤーはその日の午後五時半に診察したルーファス・ナイトの様子にとくに満足はしておらず、帰る前にブレヴァン一家と話し合いをした。彼ら全員、つまりダフネ、父、ナンはその日の折々に祖父に会っていたが、そのほとんどにおいて祖父は眠っていたり、枕にもたれて口元を引き結び、目は半ば閉じているという具合に話すのには不向きな状態に見えたのだった。

セイヤー曰く、祖父には臓器的な異常は見当たらず、一般的にショックから生じることがある脳障害もないようだし、反射作用も正常で、麻痺もなく、言語障害もない。だが彼の様子には奇妙なところがあり、物憂げにウトウトしたり、短時間いきなり興奮状態に陥ったりを繰り返していた。

フーパーは祖父への対応に苦慮していた。体力的には心配な状況ではなく、脈は強く、血圧はいつもどおりだったが、その態度は――フーパーによれば、続けて一時間くつろいだ様子でウトウトしていたと思ったら、突然、身を起こして着替えると言い張ったりするのだという。フーパーは祖父がベッドから出ようとするのを二度も力ずくで阻止しなければならなかった。

祖父の強い求めにより、セイヤーはローズの身になにが起こったのかを正確に説明してやらなければならなかった。祖父は黙って聞いていたが、彼の頭が活発に働いていることを示す鋭い質問を時おり投げかけてきた。だが、祖父は一切意見を述べなかった――これは荒々しく怒りを爆発させがちな男にしては、彼がローズととても親しかったことや、ローズが惨たらしい死を迎えたことを思うと奇妙だった。

セイヤーははっきりと案じていた。「要するに」セイヤーは顔をしかめて言った。「ルーファスは、わたしが話しているあいだほとんどずっと別のことを考え、ローズとは無関係のなにかを心配しているように見えた。もっとも、それがなにかはわからない。我々で、彼をもっと穏やかな気持ちにできるといいんだが」

ナン、父、セイヤーは長い居間の中央に立っていた。ダフネは暖炉のそばに立ち、ほっそりとした腕で炉棚に肘をついていた。セイヤーが話し終わると、父とナンは互いに顔を見合わせた。

父がゆっくりと言った。「おそらくルーファスが心配しているのは――アンドリュー・ストームとダフネのことだろう、セイヤー。いまやこれまで以上に。かくなる上はダフネ自身がルーファスと話をして、彼を安心させ、なにも心配することはないと言ってくれれば……」

父がダフネに聞こえるところでアンドリューの名前を口にするのは数カ月ぶりだった。昨夜、二人が会っていたことを父は知らない。ダフネは炉棚に乗せていた肘を下ろして振り返った。父はひどく疲れ、やつれ、苦しんでいるように見えた。ローズの悲劇的な死は、ダフネが思っていた以上に父には大打撃だったらしい。ダフネの怒りは消え、かすかに良心の呵責を覚えた。ダフネは父を愛していたし、幼いころは離れて暮らしていた時期が長かったにもかかわらず、いつも父のことが大好きだった。昔は父がたまにクリフトップを訪れるのを待ち焦がれていて、父が去ってしまうときには隠れて大泣きしたものだ。父はダフネの暮らす守られた狭い世界に、遠くの地の風、冒険、自由、独立の気配を運んできてくれていたのである。また、それらを別にしても、父とのあいだには生来の強い共感があった。それは父がナンと結婚してクリフトップに定住するようになると、弱まるどころかいっそう強くなったのである。

ダフネは知っていた。父は別段、別の男の家で暮らしたいとは、たとえそれが娘の祖父の家であっても思っていないが――とにかく初めは――娘のためにそうしてくれたのだと。父は祖父に娘を引き渡して欲しいと頼むことはできなかったし、もうそうする必要もないのに娘と別々に暮らしたくもなかった。父のアンドリューに対する反応は、驚きと衝撃だった。それはダフネにとって父との初めての深刻な食い違いだった。それによって二人のあいだには溝ができていたが、ダフネは急にその溝に橋を架けたくなっていた。

父の瞳は疲れて深く落ちくぼみ、心配そうにダフネの瞳をじっと見つめていた。ダフネは少し息をはずませて言った。「パパ、少なくともローズの件で、おじいさまがアンドリューのことを気にする必要はないわ。アンドリューはローズを殺していない。わたしにはわかるの。どうしてわかるのかは言えないけど、でもわかるのよ」すると父の顔が曇り、そこから魅力や優しさが消えた。なぜ父はこんなに……こんなにもアンドリューを敵視するのだろう。父を納得させることはできなかった。無力感が彼女を打ちのめした。父には譲歩するつもりはないのだ。これまでも意図的に娘を突き放していたのだ。ダフネはさっと暖炉に歩み寄るとみなに背を向けて震える唇を隠した。

セイヤーが気まずい沈黙を破り、注意事項を告げてみなの注意をダフネから反らした。まず、ルーファスは運動も興奮も厳禁。安静につとめ、ベッドから出ないこと。今晩、診療時間終了後にまた往診に来る。そしてセイヤーは立ち去り、ナンと父は祖父の様子を見に行き、ダフネは自分の部屋へ向かおうとした。

ダフネがホールにいたそのとき、フランス人が電話をかけてきた。女中のドリスは青のフラワーボウルに切りたてのライラックの枝を生けているところだった。電話は階段アーチ下のブースにあって、ドリスはそのそばにいたのだが、ダフネが「わたしが出るわ、ドリス」と声をかけたのは、それがアンドリューが言っていたトッドハンター刑事からで、どんどん夜に近づいてゆく春の黄昏のなかのアンドリューの孤独で危険な寝ずの番を終わらせてくれる知らせではないかと期待したからだった。

しかしダフネが受話器を取ると、強いフランス語訛りの男の声が待ちきれないように言った。

「もしもし《アロー》、もしもし《アロー》、ブレヴァンさんをお願いします。ブレヴァンさん……ブレヴァンさんと話をしたい……」

その甲高く横柄な声は、ダフネを嫌な気持ちにさせた。はっきりと理由はわからなかったが、とっさに敵意を抱いたのは落胆したせいだったのかもしれない。ダフネはぶっきらぼうに「このままお待ちください」と言うと、ドリスに父を呼びに行かせ、着替えのために二階に行った。

シャワーの下に立ち、最初は熱く、次に冷たい爽やかな水流を浴びてようやく全身と頭のなかの疲れが消えていくと、ダフネは四、五日前の晩に敷地内にだれかが侵入していたことを思い出した。ローズ、父、ナン、ダフネが居間にいるときに、フランス語の歌の一節が窓から聞こえてきたのだ。それで大騒ぎになった。なにしろすでに十二時を過ぎていたし、それを歌っている人物は大はしゃぎしているようだったからである。ローズはいきり立ったが、様子を見に行くと人影はどこにもなく、召使いたちもみな就寝中だった。

こういう可能性――つまり、ローズにみんなが知らない恋人がいたということはあるだろうか？　ローズは極端な秘密主義者であり、それが彼女の強烈な個性だった。やはりローズも女性だったのだし、そうひどく不器量だったわけでもなく、お金も持っていた……。

少なくとも、それも一つの可能性だ。父にあのフランス語訛りの男が何者で、なぜ電話をかけてきたのかを訊いて、あとでアンドリューに教えよう。ダフネはタオルでてきぱきと体を拭きながら、すっかり楽しくなって服を着はじめた。

いっぽうトッドハンターは、ダフネが知っていることを喉から手が出るほど知りたかっただろう。センター・ストリートからやってきたこの陰気で小柄な刑事はまったく成果のない長い一日を送っていたが、それは主に村の宿屋周辺をブラブラしたり、電話が鳴るのを待ち続けることから構成されていた。

その日の早朝四時、丈夫なより糸で縛った茶色の小包がトッドハンターの手を離れ、グリーンデールから速い警察車両で州境まで、そしてそこからブルックリンにあるニューヨーク市警の鑑識課へと送られた。小包にはトッドハンターがアンドリュー・ストームの帽子から採取したガラスの破片、朽ちかけた枯れ葉数枚、少量の土が入っていた。

鑑識結果はいろいろなことを明らかにしてくれるだろう。ガラスの破片は例の瓶、つまり皮下注射器に入れる液体状のストリキニーネが入っていたはずだ。その瓶から多くが判明する可能性があり、指紋も採取されていた。だが、結果が出るまでは待つしかない。

　トッドハンターはナイト邸関係者——召使い、友人知人など——の細々した情報を集め、それを整理して時間をつぶしていた。アンドリュー・ストームについては、フランスのいにしえの格言（トッドハンターは少しフランスかぶれだった）どおり、あの娘《ラ・ファム》、ダフネ・ブレヴァン嬢がいずれ彼のもとに導いてくれるだろう。トッドハンターはあの若者の問題と向き合うことにますます億劫になっていた。これまでほとんど経験のないことだが、容疑者に好意を抱くようになっていたのだ。

　とはいえ、好意を抱いていようがいまいが事実は事実として、トッドハンターは今回の事件を検事補ブロートンと同じように受け取っていた。先の十一月にアンドリュー・ストームが現れると事件（ルーファス・ナイトの事故）が起き、彼がいなかった残りの冬と初春にはなにも起きなかった。そして五カ月経ったころにまたアンドリュー・ストームが現れ——殺人事件が起こった。

　それでもトッドハンターは根拠のないままなにかにおう、なにか——おかしいと強く感じていた。これが変だと指摘することはできなかったが、それは彼の心に引っかかっていた。トッドハンターは夕食後、宿屋の居間の座り心地の悪い馬巣織（綿糸や麻糸を縦糸にし、馬の尾を横糸にした丈夫だが目が粗く安い織物）のソファに座り、五セントの葉巻をくゆらせながら考え抜いた。どうやら二つの仮説いずれかの立場を取らざるを得ないようだ。つまり、状況が指し示すとおりストームを犯人とする説か、だれかがわざとストームを陥れようとしているという説である。しかし、ローズ・ノースロップの存在が脅威だった人物はストームだけだ。だれか別の者がアンドリュー・ストームの足元に亡骸を転がすためだけに、行き当たりばったりに彼女を殺したというのは説得力がないし筋が通らない。

ひどい味がしてトッドハンターは葉巻を投げ捨てた。次に新聞を手に取ったがそれも投げだした。彼はベランダで深呼吸を試みたが、その最中に深く呼吸するのを忘れた。ストームかストーム以外か――ストーム以外だとしたらだれなのか。右側の遠くの薄闇のなか、セイヤー医師のだだっ広い家の灯りが木々の葉のあいだにひょっこりと現れた。リチャード・セイヤーはルーファス・ナイトの主治医というだけでなく友人でもあり、あの家の全員、そしてあの家に頻繁に出入りする者全員と親しい。トッドハンターは帽子を手でたたくと、セイヤーに会いに行った。

トッドハンター刑事が行ってみると、セイヤーはギルブレスといっしょに天井の低い細長い居間にいた。白い壁、古く幅広の床板、華やかなインド更紗のクッション、奥行きのある椅子に魅力的な電気スタンドが配された思いがけず趣のある部屋である。家のなかの暗く、侘しく、古びた他の場所とは大違いだった。じつはダフネの後押しを受けたナン・ブレヴァンが一年前に居間の模様替えを強く勧めたのである。ナンはこの家を素敵だと思っていた。

セイヤーはトッドハンターをにこやかに、しかし淡々と迎えた。言わばローズ・ノースロップの死に居合わせたギルブレスは、詳しい話を聞きたがった。トッドハンターを単に州警察に勤務するトッド氏と認識していた。テーブルにはウイスキー、氷、サイフォン瓶に入ったソーダがあった。セイヤーとギルブレスは、トッドハンターを含めたのか。セイヤー自身は酒をたしなまなかったが、他人の飲酒にも、トッドハンターが薄いハイボールを片手に情報収集に取り掛かるのも、絶えず電話に中断されるのも気にしなかった。またトッドハンターも職場で電話に中断されるのには慣れており、それは一切思考の妨げにはならなかった。

現在、セイヤーには心配事がある――そしてその心配事はなんらかの形でローズ・ノースロップ殺しとつながっている、とトッドハンターは思った。仕事で電話応対に追われているとき、セイヤーの日焼けした厳めしい顔はリラックスしていた。だが「ほう……百二度（摂氏では約三九度）ですか？　十五分おきに酢を入れたお湯を含ませたスポンジで拭って――酢と水は半々で――そして二、三時間のうちにまた電話をください」だとか「……そうですか。ではすぐにその処置は中止してください。九時ごろ様子を見にうかがいます」などと言ってからトッドハンターを振り返ったときのセイヤーの表情はかすかに強張り、歩くときにも熱いブリキ屋根の上を歩く猫のように緊張していた。

昨年十一月のルーファス・ナイトの衝突事故に不審な点はありましたか？　いいえ。当時そうは感じませんでした。ルーファスの運転は乱暴ですし、あそこは危険な場所ですから……。

トッドハンターはナイトの事故に精通していた。件の車は細工されていたり、道路上に障害物が置かれていた可能性があった。道路を横切って張られた頑丈なワイヤーだとか、崖の上から転がり落ちてきた大きな石というような。だが、そこにあったかもしれない証拠はとっくに破壊されていた。いまさらその線に沿った捜査をしたところで、どこにもたどり着けっこない。トッドハンターはローズ・ノースロップに意識を集中した。ノースロップ嬢にはストーム以外にも敵対している人物はいましたか？

セイヤーは冷ややかに、むしろ彼女には一人も友人がいなかったと言うべきでしょうと答えた。彼女は友人を欲しいとも思っていなかったし、あらゆる点でクリフトップの女主人だった。ルーファスはなにをするにもローズに相談していたし、彼女は自らに与えられた権力を満喫していた。「彼女があれほどストームを毛嫌いしたのには、そういう理由もあったんじゃないかな」

トッドハンターが驚いた顔をすると、セイヤーは説明した。ルーファスはこれまで自らの意図を隠そうともしなかった。自分が死んだら、グリーンデール銀行とローズが財産を管理し、その大半はダフネが二十七歳になるまで信託されることになっている。「頭のいいローズは、もしダフネがストームのような男と結婚したら、絶えざる諍いの種を抱えることになるとわかっていたんでしょう」

それはストーム以外で、ローズと敵対していた人物はいましたかというトッドハンターの質問に答えるものではなかった。次にトッドハンターは地元のゴシップを持ち出した。噂では、ノースロップ嬢とブレヴァン夫人は犬猿の仲だったとか……。

「噂ですか！」セイヤーは軽蔑するように言った。ローズがナン・ブレヴァンのことをどう思っていたかは知らないが、ナンのほうはけっしてローズを嫌ってなどいなかった。ナンはとても健康でバランスのとれた女性であり、彼女の日々は楽しいことや夢中になれることでいっぱいなのだから。

トッドハンターは屋敷によく出入りする人々――たとえばスタージス嬢はノースロップ嬢に対してどうだったかとたずねた。

セイヤーは肩をすくめた。「シルヴィア・スタージスはとても自立した女性で、ルーファスのお気に入りです。彼女は自分が言いたいときには、ローズにでもルーファスにでも遠慮なく意見を言うけれど、それは必ずしも」――セイヤーは思い出しながら微笑んだ――「和やかな雰囲気を生みだしはしません。しかしルーファスはその手の諍いを楽しんでいました。女性との関係を意のままに操ることを諦めた彼は、人を意のままに操るのが好きになったんです――これはつねに危険な試みですがね」

「小耳に挟んだのですが」トッドハンターがたずねた。「一年かそこら前に、シルヴィア・スタージスとナイトが結婚するという噂があったとか」

「そんなことを聞いてどうするんです？」セイヤーはにこやかに訊き返した。「まさか、恋路を邪魔された腹いせに、シルヴィア・スタージスがローズを殺したと思っているわけじゃないでしょう？　ルーファスはシルヴィアと結婚したかったかもしれませんが、シルヴィアがなぜ彼との結婚を望むんです？　二人には二十五歳もの年齢差があるし、彼女はうなるほど金を持っている——あるいは五、六年前に人気実力とも絶頂だったときに舞台から去り、これまでずっと思い描いていた庭や本を満喫し、友人たちのいる田舎暮らしをするために引退したときには持っていた」

「ネヴィル・ワッツはどうです？」

セイヤーはかぶりをふった。「あなたは見当違いをしている。ネヴィルはローズが気に入っていた数少ない人間です。ネヴィルは彼女をからかって笑わせていた。わたしが見る限り、彼には考えられる動機がない」セイヤー医師の声はどこか残念そうだった。

皮下注射の話になったとき、セイヤーの密かな不安は増したようだった。セイヤーはペンを手に持ち、それを見つめ、器用で有能な手で正確にそれをまた下ろした。しかし、頭のいい彼はごまかしたりはしなかった。そして言った。事故のあとしばらく、ルーファスにはさまざまな注射を打たなければならなかったこと、大量の血液を失っていたし、つねに破傷風になる危険があったことを。ルーファスは正規の看護婦をそばに置くのを嫌がったので、家の者たちはみんな彼の看病を手伝い、その結果、必要な処置のやりかたを覚えたのである。

ダフネ・ブレヴァン、その父、継母、フーパー、そしておそらくスタージス嬢とネヴィル・ワッツも皮下注射器の扱いには慣れている。これで可能性は広がった……あくまでも可能性に過ぎないが、考える価値はある。トッドハンターは立ち上がった。

立ち去る前に、トッドハンターはノースロップ嬢が電話でなんと言ったのか教えて欲しいとセイヤーに頼んだ。セイヤーはそれに応じ、苦い顔で言った。「あの会話はこれからも忘れられないでしょう。もしもわたしが仕事中で、こちらがそっちへ出向くと言い張っていたらあれは防げたのかもしれない」

トッドハンターはノースロップ嬢のことばを書きとめた。

ローズ・ノースロップはこう言っていた。「ダフネに先生がいらしたらすぐ教えるように言っておいたんですよ。いますぐ先生にお会いしなければならないんです。あたくしがずっと言っていたことをご存知でしょう？　いまや確信しています。先生にお見せするものがあるんです。先生には必要な手続きを取っていただかないと」

「あたくしがずっと言っていたことをご存知でしょう？」トッドハンターはつぶやいた。「ノースロップ嬢は、アンドリュー・ストームがルーファス・ナイトを殺そうとしたのだと思いこんでいたのですか？」

セイヤーはあっさり答えた。「ええ、でもわたしなら彼女の思いこみなど真に受けませんね。ローズはルーファスのこととなると、いつだってなんでもないことで大騒ぎしていたので――彼女はルーファスが騙されたり、強奪されたり、つけこまれたりされないよう守っているのだと考えるのが好きだったんですよ。そうすれば、自分の存在価値が増しますからね」

「そして、行方不明のハンドバッグに実際に動かぬ証拠が入っていたのだとすれば、きっと先生に嫌な役回りをさせるつもりだったんでしょうね。警察に行って、告発者の役割を果たしてもらいたかったわけだ」

セイヤーは静かに言った。「ローズ・ノースロップは間違いなく自ら足を運んで、警察に訴えることができた。彼女がなにを見つけたのかはわからないし、それが正しいかどうかはともかく、犯人はストームだと彼女に思わせたものを持って。だが彼女がわたしと共同で告発したかったのは、そのほうがダフネ・ブレヴァンを深く傷つけられると考えたからでしょう。ローズはわたしがストームを気に入っていると知っていた。彼女はアンドリューとルーファスの口論のあと、わたしがいわゆる公開処刑に加わらなかったことをけっして許さなかったのです」

「なんという女だ」トッドハンターはため息交じりにそう言った。

セイヤーはうんざりしたように言った。「だれかを責める気持ちを変えることは難しい。ローズ・ノースロップは犠牲者だった。人好きのしない容姿、つまらない青春時代、不満が多い中年期の犠牲者です。彼女は内省的になることを強いられた外向型であり――内省的資質を持たなかった」

ギルブレスとセイヤーのもとを辞去し宿に帰ったトッドハンターは、ローズ・ノースロップの電話のことばを執拗に考え続けた。「あたくしがずっと言っていたことをご存知でしょう？　いまや確信しています」薄暗いベランダで十五分ほど過ごしたトッドハンターが立ち止まると、足元の緩んだ床板が銃声のような鋭い音を立てた。

「……いまや確信しています」いま、や。いまというのは、ローズ・ノースロップが死んだ日の夕方六時だ。彼女がアンドリュー・ストームと会ってから二十四時間以上が経過しており、そのすべての瞬間、彼女はクリフトップの屋敷内にいた……。

宿屋にはウィリアムズという利発な給仕助手の少年がおり、トッドハンターは自分の留守中に鑑識課から電話があったら内容を聞いておいてくれとウィリアムズに依頼した。その五分後、トッドハンターは愛犬ジャンボとともに村向こうの丘の上にある巨大な石垣へと向かった。

第十二章

シルヴィア・スタージスとネヴィル・ワッツはその晩、クリフトップで食事をした。ダフネが七時に下りていくと、ナンと父は彼らを招くことをめぐって口論していた。ナンは料理人との相談から戻ったところで、疲れ切って困惑していた。彼女はため息をつきながら言った。「これまで気の毒なローズがどれほど多くの仕事をこなしていたのか全然知らなかった。使用人たちが要求する食べ物の量――そして彼らがなにを食べるかについて言い争うさまと言ったら！　唖然とするほどよ。とにかくヒラリー、あなたのためになんとか素敵な夕食を用意したわ。美味しそうなカモを二羽――あの料理人はカモ料理が得意だし、例のスウェーデン産クランベリーを添えた小さなパンケーキも作ってくれているのよ」

父はそのカモを食べるのを手伝ってもらうためにシルヴィアとネヴィルを招こうと言い出し、ナンは怒りを爆発させた。鏡の前で髪型を直していたのだが、さっと振り返って夫を見つめるとこう言ったのだ。「いい加減にして！　シルヴィアはさっき帰ったばかりだし、日中もほとんどここにいたのよ。彼女だってわたくしたちの姿は見飽きているはずだわ」

「なにを言うんだ」父は言った。「それに、シルヴィアはあとでルーファスに会いたがっているんだ――セイヤーの許可が下りればだが」そして父は電話へ向かった。

ナンはそれ以上、反対しなかったが納得していないのは明らかだった。それは楽しい晩餐にはならなかった。なにより、ダフネの期待していたあのフランス人は完全に無益無害と判明し、なにか重要な発見をしたのではないかというささやかな希望の光は消えた。

ダフネがその話を持ちだしたのは、一同が食堂でテーブルに着いているときだった。そのときネヴィルはダフネの外見が目に見えて良くなったとほめているところだった――「髪は艶やかで、瞳はかがやいている。ずっと、ずっと良くなった――それどころか最高にきれいだ」

ダフネは言った。「じつは――ちょっと気になっていることがあるんだけど」そして父のほうを向いてこうたずねた。「パパ、今日の夕方、電話で話していた男の人はだれ？　わたしがドリスにパパを――六時ごろ呼びに行かせたときの」

せっせとスープを口に運んでいた父はサクラソウを飾ってあるフラワーボウル越しに娘を見つめ、空中でスプーンを持つ手を止めた。心ここにあらずだったらしい。「男の人？」父は怪訝な顔でそう言った。「男の人って？」

「わからないわ――フランス語訛りの人だということしか」

父の顔が明るくなった。「ああ、カリアーのことか。彼はブリッジポートにあるシコルスキー工場の人間で、わたしに飛行機を売りたがっていてね。それはもう熱烈に。庭に置いておけるような小さなやつだが。でもどうしてそんなことを……？」

それは幸先の良いスタートではなかった。ダフネは少し馬鹿馬鹿しい気がしたがしつこく食い下がった。「わたしてっきり……先週うちの敷地に男がいたことを覚えてる？　フランス語の歌を歌っていたでしょう（遅い時間に――あれは十二時ごろだったはず）。すごく変な歌で、パパとローズが外に見に行ったけど、だれもいなかったのよね？」

父はにっこりした。「あれがだれだったにせよ、カリアーではないだろうね。カリアーは太っていて、禿げていて、六十歳だからね。彼が夜中に田舎をうろついて歌の才能を発揮するなんて考えられない。あれは上から下の道路へと近道していただれかじゃないかな。でもどうしてそんなことを訊くんだい？」

しかしダフネは肩をすくめただけだった。おそらく父の言うとおりなのだろう。冷静になってみるとなんだか滑稽に思えた。夕食はだらだらと続いた。一同は夕食後、居間でコーヒーとリキュールを飲んだ。だが雰囲気はさらに悪化した。なんとも得体の知れない冷気、ランプも花も暖炉の火も追い払うことのできない寒々しさが漂っていたのだ。ナンはソファの隅で黙りこくっており、寒そうに見えた。黒無地のイブニングドレス姿で宝石類は着けておらず、美しい顔はやつれて、目の下には隈ができている。過労はナンにふさわしくなかった。それは彼女から精彩を奪い、どこか浮き世離れしたような無力な存在に見せていた。

暖炉前の反対側に置かれた椅子でくつろいでいるシルヴィアは、彼女自身がデザインした奇抜で派手で力強くて、まったく美しくはないけれど美の構成要素であるあたたかさ、しなやかさ、感情を呼び覚ます力を備えたドレスを着ていた。父は二人の背後のキラキラ光る巨大な敷物の上をなんの目的もなく、何度もさまざまな方向へきっちりと同じ歩幅で行ったり来たりしていた。父の葉巻はたびたび火が消えた。ネヴィルはダフネの椅子の肘置きに腰掛けてコニャックを少しずつ飲みながら、会話の糸口を時おりひょいと放ってはみんなから聞き流されていた。

コーヒーカップが片付けられると、シルヴィアがブリッジをやらないかと提案した。「とりあえずそうしたらどうかしら。セイヤー先生が来たらなんて言うのか聞きたいけど、まだ時間も早いことだし」

ナンはさっきからずっと炎を見つめていた。シルヴィアが話すのに合わせて、ナンは顔を上げてシルヴィアを見つめた。ナンは笑みを浮かべている。輝くような笑みを。そして言った。「まあシルヴィア、わたくしは——保守的な女ではないけれど、それにしたって——限度というものがあるわ」

ナンの口調には意図的にかすかな敵意がこめられていて、唐突に放たれた棘のある抗議だった。それに奇妙な含みがあった。ダフネはぎょっとした。シルヴィアとナンはこれまでずっと仲が良かったはずだ。仮にそうでなかったとしても、ナンは社交的な礼儀をひじょうに重んじており、シルヴィアは父のもっとも古い友人で客なのだ。

ダフネはシルヴィアが怒りを爆発させるのを待った。シルヴィアはいかなる理由でも、どんな場合でも、右の頬を打たれて左の頬を差し出すような女ではない。だがシルヴィアは怒らなかった。驚いた顔をしたが、同情するようにナンを見つめ静かにこう言った。「可哀想なナン、疲れているのね。無理もないわ。長く大変な一日だったのよね」

ネヴィルはかすかに面白がっているような悪意のにじんだ顔つきでナンとシルヴィアを見比べており、父はソファの背後で立ち止まって顔を紅潮させていた。そしてほとんど怒鳴るように言った。「ナン！　いったいどうしたんだ？　おかしなことを言うんじゃない。二、三回ブリッジをやったところでローズに失礼になどなるものか」

ナンは引き下がりもしなければ謝りもしなかった——人づきあいをとても大事にし、趣味の悪さを毛嫌いし、ごく自然に完璧な立ち振る舞いができるナンが。ナンはどうでもよさそうに言った。「きっとわたくしが古い人間なんでしょう。もういいわ。どうぞお好きなように……」そして立ち上がると呼び鈴を鳴らした。

テーブルが運びこまれ、折りたたみ椅子、つまりバラ色の革張りの派手で小ぶりなクロムチェアが開かれ、新しいトランプ、得点表が用意されるあいだ、ダフネはまたしても昨晩、娯楽室にいたときと同じ、なにかが変わっていく感覚に見舞われていた。自分を取り巻く世界のかすかだが恐ろしい変質の気配。破壊し爆発する隠れた力が、世界の礎に作用し、いまにもそれを吹き飛ばしかねないような。

ダフネは喜んでその部屋をあとにした。ネヴィルからぼくの代わりにブリッジをやらないかと声をかけられたが、おじいさまの様子を見に行って、しばらくそばに付き添うからと言って断った。

だが、実際は祖父の所には行かなかった。それは逃すわけにはいかない絶好のチャンスだったからだ。ダフネはアンドリューに会うためコートを見つけて羽織り、そっと玄関のドアを閉め外に出た。窓から放射される光の帯の先は夜の帳《とばり》だった。あたりは静かで、聞こえるのは遠くで途切れることなく鈴のように高く鳴くカエルの声だけだ。とはいえ、近くには警察官がいるはずだ。ほらいた。彼はぬっと姿を現し、ダフネはその警察官と気軽なことばを交わした。雨になりそうですねと言い合い、警察官の足音が砂利のほうへ去ってゆくと、ダフネは前階段を駆け下りて、闇のなかへ出ていった。

「アンドリュー」

アンドリューは例の木に登っていた。押し殺してはいるものの、なんとなく明るい彼の声がダフネの耳に届いた。「ダフネ！　こんなところでなにしてるんだい？　来てくれるような気はしていたんだけどね。きみが現実か確かめたい」

「駄目」ダフネは必死で言った。「まだ早いわ。あたりには警察官がうようよしてる――だからわたしもすぐに家に戻らないと」

二人は囁き声で話した。アンドリューはそれほど疲れてもいなければ、空腹でもないと言った。昨晩、ダフネと会うために夕食を抜いたときにチョコレートを買ってポケットに入れておいたのだと。また、アンドリューにたずねられ、ダフネは状況を説明した。二人は話し合い、シルヴィアとネヴィルが家に帰り、ナンと父が二階に行ったあとで、可能ならダフネがアンドリューに水と煙草を持っていくということになった。そうできなかった場合は、アンドリューがダフネに連絡をする。ダフネは祖父の付き添いをする。

十分後、ダフネは暖かな灯りに照らされた広くがらんとしたホールに戻っていた。ブリッジの勝負はまだ続いており、ダフネの不在は怪しまれていなかった。ダフネは着ていたコートを注意深くクローゼットにしまうと、髪を整え、スカートの埃を払って祖父の所へ行った。闇のなかから鋭い目に屋敷に戻るのを見られていたことには気づかずに。

祖父は目を覚ましていた。祖父の体調は良くなっていた。頭の下には枕が二個敷いてあり、けがをした手が届くところに鉛筆一本とメモパッドが置いてある。祖父はそれを使おうとしていたのだ。フーパーが新聞の経済欄を読み聞かせており、半ダースほどの小さなメモ用紙に数字が書いてあった。

ダフネはベッドの足元に歩み寄った。「ご気分はいかが、おじいさま」

祖父はダフネを見た。長いあいだ、探るように、考えをめぐらすように見つめていた。またアンドリューのことで文句を言うつもりなのだろうか。もしそうならどうしたらいいのだろう。ダフネは現在のような状態の祖父を怒らせたくはなかったが、自らの立場ははっきりさせておかなければならない。ダフネは身構えた。だが、その必要はなかった。

祖父はぶっきらぼうにこう言っただけだった。「上々だ。まだ死んでいない――ピンピンしている。そして死ぬつもりもない――まだやることがたくさんあるからな。おまえ、今日グラウトから電話があったことをなぜわしに教えなかった？」

確かに、祖父はずいぶん元気になっていた。「お伝えするためにお声かけしていいようなご様子じゃなかったので。ところで、なにかわたしにして欲しいことはありますか？」

「いまはない」

フーパーはまた株式情報記事の読み上げを再開し、ダフネは書斎に行くと暖炉の傍らに座り、本を手に取った。

第十三章

つかのま闇のなかへ出ていったダフネが屋敷に戻るのを目撃していた男はトッドハンターだった。トッドハンターがクリフトップに到着したとき、ダフネはちょうど階段を上っているところで、テラスを横切るのを確認することができた。ダフネの張りつめた感じは消えていた。いずれにせよその時は。彼女の瞳はもう倦んではおらず、コートの立てた襟の上で輝く小さな顔に浮かんだ大きな灰色の星のようだった。

ちらと見ただけでわかる。ダフネ・ブレヴァンはアンドリュー・ストームと接触していたのだ。ということは、ストームはどこかすぐ近くに隠れている。消去法で絞っていった結果、トッドハンターはすぐにその木を特定すると、上のほうの枝のなかから時おり聞こえてくるかすかな物音を感じ取るために、風のない夜の闇のなかでその木の下に立った。

そのときトッドハンターはアンドリュー・ストームの居所を知った。自分でも意外だったが、トッドハンターは知ってしまったことを残念に感じた。やるべきことははっきりしている。警察官たちを呼び、ただちにストームの身柄を確保するのだ。昨晩、ストームが捕まらずに、ほぼ二十四時間にわたって警察を出し抜いたのはトッドハンターのせいだ。でもやはりまだ警察官たちを呼ぶ気にはなれなかった。少なくとも、もっと詳しく知るまでは。つまり、召使いたちと話をして、ふと頭に浮かんだ思いつきを検証するまでは。
いっぽうで、トッドハンターには見当がついていた。ストームはしばらく前からこの空中に浮かぶ巨大な緑の天幕のなかに隠れていたのだろう。そしておそらく、そこには飽いているはずだ。だからいまこの瞬間にも、地面に降りてどこかに行ってしまうかもしれない――だがそれは阻止しなくては。どうしたらいいだろう。

トッドハンターに解決策を与えてくれたのは、たるんだ手綱を引っ張ることもなくじっと立っているジャンボだった。トッドハンターはジャンボを子犬のころから育てており、多くの美点を持つこの愛犬が英語を理解すると確信していた。ことばで命じたり、仕草で示したりすると、ジャンボはネズミのように静かにすることもできたし、飢えたライオンのように吠えたてることもできた。昨夜ストームに体当たりされて肩を強くねじったトッドハンターは、ポケットにリニメント剤（液状または泥状で肌にすりこんで用いる外用剤）の瓶を入れてあった。このリニメント剤が役に立ってくれそうだ。小柄な刑事は手綱を引っ張ると、周囲の闇のなかに姿を消した。

その木をあとにした五分後、トッドハンターは長い棒を持って戻ってきた。トッドハンターはジャンボにリニメント剤のにおいを嗅がせ、そのにおいが近づいてきたら吠えるように、そして自分が手を払うような仕草をしたらそれを追うように指示し、すでに警戒に当たらせていた。トッドハンターはハンカチを棒の端に結わえ、それをリニメント剤に浸した。

一番近い太枝は十四フィート上にあった。完全な闇のなかを注意深く歩きながら、トッドハンターはほかの太い枝よりもずっと低い位置にあって、ストームが木から下りるときに足がかりにするであろう枝を見つけた。トッドハンターはその枝の上側表面、そして木の幹周辺にリニメント剤を注ぎ、そこから離れたくなったらすぐほどけるようジャンボをゆるくその木につないでから警察官を探しに行き、屋敷の石垣を見まわりしている二人の警察官の片割れを見つけた。

トッドハンターはこの警察官に言った。「わたしの犬を向こうの芝生に残してきた。宿屋でストームのにおいを嗅がせたんだ。ジャンボには猟犬の血が入っていてね。吠えているのが聞こえたら、ちょっと見に行ってもらえると助かるよ」

すでにジャンボの姿を目にしていたその警察官が、にんまりしそうになるのをこらえて真面目な顔で必ずそうすると請け合うと、トッドハンターは裏口を探しに行った。ストームがどこに行こうとジャンボが吠え、ズボン、またはそのなかの足首に嚙みついてくれるはずだという安心感に支えられながら。

権威を示すためにもう一人の警察官を伴って屋敷に入ると——使用人たちから話を聞くことについてはすでにヴィスクニスキ警部の許可を得ていた——トッドハンターは殺害前二十四時間のノースロップ嬢の行動について、詳しく話を聞きはじめた。

それ、つまり解決しようとしている問題における消極的証拠の洗い出しには長い時間がかかった。被害者に女性としても雇用主としても悪印象を与える無関係の事柄とは別に、トッドハンターは次の事実をはっきりさせた。

ローズ・ノースロップは殺害された日の前の晩のほとんどの時間、ナイト氏に付き添っていた。ナイト氏はまた消化不良の発作を起こしており、ノースロップ嬢は午前三時からそのまま昼食後の午後までナイト氏のそばにいてから休息を取りに自室に戻った。ノースロップ嬢はブレヴァン夫人がクリフトップにやってきてから三階の広い部屋に移っており、隣が料理人の部屋なのだが、ノースロップ嬢は満足にお休みになることはありませんでした、とその料理人は冷たく言った。ノースロップ嬢が部屋のなかを歩き回ったり、お手洗いのドアを開閉したり、水を出したりするせいで、いつも自分まで安眠を妨げられていたのだという。午後五時半になるとノースロップ嬢はまたナイト氏の所へ行ってそばについていたが、七時過ぎに着替えのために部屋へ戻ってくると、七時半ごろに屋敷から出かけていた。

収穫は乏しく、トッドハンターは落胆していた。ナイトの続き部屋《スイート》、ノースロップ嬢自身の寝室、彼女がさっと入っただけの屋敷内の他の部屋——これらから彼女がこれまでずっと言ってきたことを「いまや確信しています」と言うに至る経緯はまったく見えてこない。ノースロップ嬢とセイヤーの電話の会話に対する己の分析に自信を失いはじめていた。

トッドハンターは湯気を立てている銀のコーヒー沸かしから注いだコーヒーを飲みながら、一人の女中が二階用の料理を盛った皿を整えているのを眺め、車庫の上の居住スペースへ行って庭師、その妻、運転手から話を聞いたがこれといった収穫はなく、屋敷に戻ってくると三階のノースロップ嬢の部屋へ行くため裏階段を上った。そこはすでに調査済みで、トッドハンターが見つけた唯一の興味深いものは、隣接するお手洗いの薬品戸棚にあった二つの抽出香料の瓶だった。片方には「ピスタチオ」、もう一つには「レモン」と書かれたラベルがついている。トッドハンターはピスタチオの香料はアイスクリームを作るときに使い、レモンのほうはケーキやアイシング作りに使うものとなんとなく思っていた。なのになぜそれらがキッチンから離れたこんな所にあるのか——彼にはさっぱりわからなかった。

トッドハンターはその二つの瓶を戸棚に戻すと階段を下り、まだ起きている使用人たちに挨拶をして自分の帽子を手にした。伴っていた警察官はすでに持ち場に戻っていた。外に出て裏口を閉め、肌寒い闇のなかに踏み出したトッドハンターはじっとその場に立ち、空の牛乳瓶の列をむっつりと見つめた。ほとんど生まれて初めて、トッドハンターは自らにある種の勘が備わっているのを感じていた。なぜか屋敷を去ってはいけない気がする。屋敷内のどこかで、屋敷内のだれかが、ローズ・ノースロップ殺しの重大な手がかりを所有していて、それはまだ見つかっていないのだ。解けない謎、やり残していることが多すぎる……。

馬鹿馬鹿しい。ここは州警察が警戒に当たっている。自分の役目は鑑識課からの電話を受けることだ。トッドハンターはドアノブから手を離すと、ポーチを横切り、石段を下りて右に曲がった。クリフトップを去り、グリーンデールに戻る前にもう一つやらなければならないことがあった。

屋敷にいるダフネにとって、その晩は無限に続くように思えた。落ち着いてなにかするのは不可能だった。読むこともできず、考えることもしたくなかった。考えごとは危険だ。ダフネはアンドリューという明るい小世界、そして今回のことがすっかり片付いたらその明るい小世界で彼とともにくつろぐ自分の姿を思い描こうとした。しかし、その小世界は灰色の覆いに囲まれており、覆いの陰には見当違い、不一致、矛盾、そして日常や想定事項からの離脱が積み重ねられ認識されるのを待っていた。その覆いは絶えず少しだけ位置を変えていて、見知らぬ土地へ続く暗いトンネルがちらちらのぞいている――見知らぬものなどあるはずのない場所に。

一瞬はいかに多くを明らかにしながら、長年の理解を粉砕し、自分の判断基準や理性に対する信頼を失わせ、拠りどころを奪いかねないものか。帰ったばかりのシルヴィアを夕食に招くのにナンが反対したのも、ナンが夕食後に居間でいらだちをあらわにしたのも――シルヴィアに嫉妬していたからなのだろうか。まさか、そんなことあるはずがない。父とシルヴィアは長い長いつきあいなのだし、シルヴィアはナンより十歳も年上だ。それにシルヴィアは少しも美しくはない……だがやはり、困ったことになんにも確信が持てない。

ダフネは書斎からふらふらと祖父の部屋へ行き、ホールに行き、また居間に行き、書斎へと戻ってきた。シルヴィアとネヴィルが帰宅し、ナンと父が寝に行ってくれさえしたら……十時にセイヤーがやってきた。セイヤーの訪れは嬉しい変化だった。彼はきびきびとした実際的な風を運んできたようだった。セイヤーは書斎でダフネと二人きりでことばを交わしてから、祖父の様子を見に行った。

「ローズからわたしへの電話を立ち聞きしていたかもしれない人物についてはなにかわかったかい？」

ダフネはかぶりを振った。「来訪者はいなかったし、使用人のだれかでもない。フーパーが食料貯蔵室にいたんだけど、六時前から六時半過ぎまでほかの使用人は全員下で夕食を取っていたそうなの」

セイヤーはそれを聞いて、訝しげな目を向けた。「そんな悲壮な顔をするのは止めるんだ」セイヤーは言った。「そんな顔をしたってなんにもならない。もう少し忍耐強くならないと。わたしは今夜、トッドという男と話をした。何者なのかは知らないが、彼は州警察とつながっている。そして彼はアンドリュー犯人説をとっていないだけでなく、明らかにそれに懐疑的だ――しかも彼は残りの警察官たち全員よりも頭が切れる。だが、こうした事柄を解きほぐすのには時間がかかるんだ……」セイヤーはためらい、くるりと背を向けて行きかけたが、またダフネの前に戻ってきた。

「今夜、寝るときにはドアに施錠したほうがいい」

ダフネは目を大きく見開いて、セイヤーの顔を見上げた。「ドアに施錠ですって！」

セイヤーはうなずき、そっけなく言った。「油断してはいけない。グリーンデールには殺人鬼がうろついているんだ。殺人鬼が――昨日きみの身に起こったことを忘れるな――なぜ自在に屋敷を出入りできるのかはわからない。だが警察は目下ストームに注意を集中している。真犯人が見つかるまでは、だれも安全ではないんだ」

真犯人。ダフネは身震いした。ダフネの体の奥底は冷たく凍え、それは消えなかった。セイヤーがまだ話しているときにナンが書斎に入ってきて、セイヤーとナンは揃って祖父の様子を見に行った。

その後、居間ではコーヒーとサンドイッチがふるまわれ、ローズの葬儀の段取りや、祖父の状態について話し合われた。ネヴィルとシルヴィアはごく短時間だけ祖父と面会していた。用心深いフーパーに一度に一人ずつ通されて。セイヤーから祖父を興奮させたり、動揺させたりしないよう言われていたからだ。十一時半になるとネヴィルとシルヴィアは帰った。

だがその前にダフネには気づいたことがあった。

玄関が開き、ナンと父とシルヴィアはテラスに出ていて、海洋灯がナンのつややかな髪を銀色に輝かせており、ネヴィルはホールでダフネの隣にいた。壁時計が三十分を告げた。十一時半だ。ローズの死から二十四時間余りが経過した。この二十四時間でどれほど多くが変わってしまったことか。だが、それでいて表面上はなにも変わっていない。磨きこまれた床板と対比をなす敷物のきらめき、白い羽目板張りの壁に反射する光、暗がりの階段の大きな曲線、あたりには大量のライラックの香りが漂っている……。

ネヴィルはおやすみを言っていた。「もしぼくになにかできることがあれば、ダフネ……」ネヴィルはポケットから煙草を取り出して火を点け、ダフネを見下ろした。

ダフネはネヴィルを見上げた。ネヴィルの顔が消えた。そこにはなにもなく、ホールにはライラックの香りと混じった火の点いた煙草のにおいだけがあった――それはダフネが昨夜、ローズとセイヤーの電話のあとすぐに書斎から出たときに嗅いだにおいだった。

心臓がドクンドクンと鳴っていた。ダフネはネヴィルが持っている煙草をちらりと見た。よくある茶色の紙で巻かれたメキシコ煙草で、シルヴィアとたまにネヴィルも吸っているものだ。すなわち、ネヴィルかシルヴィアが昨晩六時ごろに書斎のドアの前で立ち聞きをしていた可能性があり、ローズがどこに行き、何時に屋敷を出発するか知っていたかもしれないということになる……。

ネヴィルはダフネの顔を穴が開きそうなほどじっと見つめていた。そして低い声で囁いた。「ダフネ、どうした？　なにがあったんだ？　幽霊みたいに真っ青じゃないか！」

ダフネはなにか言おうと口を開けたが、また閉じた。ちゃんと考える時間を得てアンドリューと話をするまで、たったいま気づいたことを人に知られては駄目だ。ダフネは恐ろしさで、思わずさっと喉元に片手を当てた。

「わからない」ダフネはつぶやいた。「ただ――なにもかもがあまりに恐ろしく――あまりに混乱していて」

ネヴィルはにっと笑うと指先でダフネの顎を持ち、愛撫するように軽く揺すった。「きみに必要なのは睡眠だよ。寝るときにアスピリン二、三錠かブロム剤を飲むといい。明日にはきっと気分が良くなっているよ」

ダフネはネヴィルがドアを通ってテラスにいるほかの三人と合流するのを見届けると、くるりと踵を返した。だれからも質問されないに越したことはない。みんなから眠っていると思われれば、質問に答える必要もなくなる。二階の自分の部屋で濃紺のワンピースに着替えると、ダフネはゴム底の濃紺のスウェードブローグ（穴飾りの付いた短靴）に履き替えた。

ネヴィルかシルヴィアが——ローズを？　ネヴィルにせよシルヴィアにせよ、ローズを殺すどんな動機が考えられるだろう？　ダフネにはわからなかったし、見当もつかず、考えることを放棄した。あの二人のどちらかが犯人ではないかなどと想像するのも恐ろしい。だが、アンドリューがやったのではないかと考えるよりはましだ。あの二人のいずれかが六時にこの屋敷にいたのは間違いない。なのにその訪問が隠されているのが怪しい。彼らなら注意を引くことなく簡単に入りこみ、居間の大きな窓だとか、サンルームとか、温室などをぶらぶらと通り抜けられただろう。

ローズは七時三十五分ごろに襲撃され、負傷し、死に瀕していた。そして長い時間かかって下の道路に止まっているタクシーにたどり着いた。ローズを襲撃した犯人も石垣の外の別の場所に車を止めていて、さっさとそこにたどり着いて車で走り去ったとき、ローズは小道をよろめきつつ門までの距離をまだ三分の一も進んでいなかったのではないか。いっぽう犯人は——間違いなく——八時には狩猟クラブに到着していたはずだ。車で十二、三分もあれば行ける距離なのだから。

ダフネはその悪夢のような光景を意思の力で心から追い出すと、しなくてはならないことに集中した。できるだけ早く外に出てアンドリューのもとに行かなければ。ナンと父は十二時少し前に二人揃って二階に上がってきた。ダフネはワンピースの上から濃紺のサテンキルトローブを着ると、十二時まで待って部屋を出た。屋敷内の静けさに励まされるように階段を下りると下のホールの主照明は消えており、書斎のドア近くのテーブルに置かれた電気スタンドが、闇に囲まれた橙色の光の円を作り出していた。

ダフネは書斎のドアを開けてなかに入った。フーパーが寝椅子にシーツと毛布を敷いている。祖父の寝室のドアは開いていた。ベッドわきのシェード付きランプの薄明かりのなかで、祖父が眠っているのが見える。フーパーは今夜は書斎で過ごすつもりだと言った。祖父は鎮静剤を服用しているが、なかなか寝つけずにようやくウトウトと眠ったところで、目を覚ましてなにか欲しがるかもしれないからと。

ダフネは言った。「またすぐに戻ってきて、しばらくおじいさまに付き添うわ、フーパー。わたしも眠れないいし、ただ横になって考えごとをしたり、闇をじっと見つめているよりましだから」老執事はこちらにさっと鋭い視線を向けながらもうなずいて見せ、ダフネは書斎から出ていった。

魔法瓶の収納場所は知っていた。ダフネは食堂奥の大きな配膳室に入り、棚を開けて、緑とクロム合金の容器を一つ取り出し、それに水を入れてホールに戻った。変わった様子はなく、だれもいない。静まり返っている。ダフネは玄関のドアをほんの少しずつ開けると、外に出てドアを閉めた。泥棒もこんなふうに緊張感に圧倒されながら、怒鳴り声、叫び声を息をひそめて待ち構えているのだろうか。

外に出ると、闇は果てしなく続いていた。煙草の火から勤務中の警察官の居所を突き止めるまでに三、四分かかった。テラスの右手に百ヤード（約九一メートル）ほど行った所にある魚を飼っている池近くのベンチに腰掛けている。

石段を下り、砂利を横切って反対側の闇に紛れたダフネは、昨夜アンドリューとネヴィルが衝突した低木の茂みを迂回し、なだらかな芝生まで来るとほっと安堵のため息をついて、庭の端に立つ常緑樹の巨木へと小走りに駆けだした。

やっと来られた。ダフネは太い枝の下に入った。「アンドリュー」彼女の声は一条の糸のように静寂のなかに吸いこまれていった。静寂は続いている。ダフネはさっきより少し大きな声でまた彼の名を呼んだ。返事はない。羽を広げたような針状の葉を揺らすかすかな風の音だけだ。ダフネは大声で叫びたいという強烈な衝動を抑えた。ダフネは幾度も彼の名前を呼んだ。しつこいくらい徹底的に、その名前をボールのように暗がりに向かって投げていたが、やがて現実を理解した。

アンドリューはいないのだ。この木にはいない。どこかに行ってしまった。自分は一人なのだ。ダフネは闇のなかで震えていたが、それは寒さのせいではなかった。屋敷に戻らなくては。ダフネはどうやってたどり着いたかもわからないままテラスに立ち、玄関に行き、片手でドアノブを握っていた。そしてかすかに残っていた注意力を振り絞って静かにドアを開け、なかに入ってドアを閉めると、薄暗いホールに一歩踏み出し――その場に立ちすくんだ。

居間は闇に包まれていた。だが、だれかがいる。人の動く気配、かすかな物音、黒い服の長身の人影が分厚いベルベットカーテンの長いひだのあいだに現れた。

それはナンだった。

頭からつま先まで黒いサテンのネグリジェに覆われたナンだ。その顔は青白い月のようで、両方の瞳はまばたき一つせず、夢遊病者のような瞳でじっとこちらを見つめている。

二人は無言で見つめ合い、ともにがくっと緊張を解いた。もしそれがそんなにも奇妙でなかったら笑える場面ですらあっただろう――二人ともなにかそこには存在しないものに出会うのではないかと身構えていたのだ。

ダフネが先に、当惑しながら急いで話しかけた。「あ――驚いた。一階へ下りてきて――おじいさまの様子を見に行こうと思っていたんだけど、ふと外の空気が吸いたくなって……」それは上手い嘘ではなかったが、とっさに言ったにしては上出来だったし、ナンはその話になんの違和感も抱いていないようだった。

ナンはさらりと言った。「だれかがここで動き回っているのが聞こえたの」そして階段へ向かった。ダフネにそこにとどまる勇気はなかった。屋敷へ逃げ戻る途中で魔法瓶を落としていたのは幸いだった。寝に行くふりをして、また機会をうかがいなるべく早く書斎に戻ってこよう。ダフネは二階のホールでナンにおやすみなさいと言った。

ナンは言った。「おやすみ、ダフネ――今度こそちゃんと寝るのよ」そして寝室へ入っていきドアが閉まった。

ダフネも同じようにした。そして少なくとも五分間は待たなければならなかった。ダフネは待ちきれずに焦れながら、ベッドの端に座った。アンドリューには祖父の付き添いをすると伝えたのだ。彼はいまごろそこにいるのだろう。屋敷の土台部分を覆っている植え込みに身を潜め、ダフネはどこだろうと思いながら、連絡を取ろうとしているに違いない。

第十四章

まさにその瞬間、アンドリュー・ストームはダフネの考えていることを口にしていた。村の宿屋のトッドハンターの部屋で、座り心地の悪い椅子にしぶしぶ腰掛けながら。

「ブレヴァン嬢が危ないんだよ、本当だ。彼女の身になにがあるかわかりゃしない。ぼくにあそこに戻らせて彼女と話をさせてくれたら、絶対に逃げたりしないと約束する」

トッドハンターはしかつめらしくこう応じた。「あらゆるものにはふさわしい場所があるのです、ストームさん。あなたはあの木からあっさり下りてきたではありませんか」

「それはきみがあの瓶のことを突き止めたんだと思ったからだ。まさか、ぼくをこんな遠くまで引きずってくるつもりだとは思いもよらなかった。ぼくはきみを信じたんだ——愚かにも」

ストームの口調は恨みがましかった。トッドハンターは動じる様子もなくパイプに刻み煙草を詰めた。トッドハンターがナイト邸を去るにあたって最初にやったのが、ストームを迎えに行くことだった。トッドハンターがその場に到着したときストームは例の木から下りようとしていたが、鼻づらを上に向け、低い唸り声を出し続けているジャンボによって足止めされていたのである。

「引き続き信じていてください」トッドハンターは言った。「そして、待っているあいだあの瓶について知っていることを話してください」

ストームはじれったそうに肩をすくめたが、指示には従った。それは彼が先にダフネに語ったのと同じ話だった。昨夜の八時前に彼女に会いに行く途中、クリフトップの石垣と平行に走っている道路に出る直前、だれかがこちらに突進してくる音がした。ナイト家の使用人たちはよくこの道を使っている。だがストームはだれにも見つかりたくなかった。そこで石垣の隙間によけて、茂みの陰に身を隠した。そのときになにかが頭をかすめて飛んでゆき、遠く離れた石垣に当たって砕け散り、彼がやってきたほうへどんどん遠のいていく足音をなかば消し去った。

ストームは言った。「ぼくはおやと思った。通常、人は静かな田舎道を歩きながらやたらと草むらに瓶を投げこんだりしない――空のウィスキー瓶なら話は別だが――そしてその足音は酔っ払いのものではなかった。きびきびとした足取りで、少しもためらったりよろめいたりはしていなかったんだ」

ストームは投げられた瓶を探し、発見した。そのそこそこ大きな破片は、まだコルクがはまったままの瓶の口部分だった。彼はそれをハンカチに包んで、ポケットに入れた。しかし深夜一時少し前に娯楽室でダフネを待っているときにポケットからその瓶の口が抜き取られ、代わりに皮下注射器を入れられたのである。

「あなたはその瓶のかけらを取り出していたのですか、ストームさん」

「ああ。ぼくは地下室へのドアやあのカーテンのかかった棚に背を向けてカードテーブルの席に着き、それを眺めていたときに頭をぶん殴られたんだ。それはもう見事に」

トッドハンターはつましく煙をくゆらせながら、無言で考えを整理していた。〈瓶について〉。その瓶が重要なのは殺人犯（ストームではない場合）がそもそもそれを急いで処分したがっていたからであり、そのかけらが再び娯楽室に現れたとき、殺人犯はそれがまた人手に渡るのを防ぐために大きな危険を冒した。だが、なぜその瓶はそんなにも重要なのか。それは（ストームが真実を語っているならば）ローズ・ノースロップ殺しに直接、結びつく証拠だからだ。

なにしろ娯楽室で起こったこの小事件の前に、ローズ・ノースロップがストリキニーネを注射されて毒殺されたことはすでに判明している。従って、その瓶の中身、瓶そのもの、あるいは瓶についたなんらかの痕跡は、警察を殺人犯のもとに導いてくれるのだろう。

早く鑑識結果が出さえすれば。だが、鑑識課の面々を急がせようとしても無駄だ。電話が鳴り出すのを待ちわびながら、トッドハンターは道路地図を取り出した。

グリーンデールからクリフトップまでの道路は、険しい崖っぷちを斜めに横切る長いカーブの連続だ。また、その道路は中間のカーブの終わりから狩猟クラブへ続いている私道を除いて、いっさい脇道がない。瓶を持った逃亡者はクリフトップの方向からやってきた。そいつは一番上と二番目のカーブを隔てる森林地帯に分け入ったのだ。だから、二番目のカーブのどこかに車を止めていたのかもしれないし、徒歩でそのまま逃亡を続けたのかもしれない。

いまのところ瓶を投げ捨てた逃亡者はローズ・ノースロップ殺害犯だった可能性があり、ストームはガソリンスタンドから丘を登っていたし、犯人は大急ぎで丘を下っていて被害者ノースロップもそのあとに続いていた。ストームと犯人は、ストームが出会ったと言っていたあたりで出くわしていたのだろう。トッドハンターに付きまとっている不安が増した。

殺人事件において少しだけなにかを知っているくらいなら、なにも知らないほうがましだ。それはいつも間違ったところに注意を向けさせ、犯人に逃げる機会を与えてしまった——その逃亡が暗示する危険な可能性とともに。トッドハンターはそうした危険について熟知していた。

一時数分過ぎについに電話が鳴ったとたんトッドハンターは椅子から立ち上がり、二度目のベルが鳴り終わる前に階段を下りていた。例の給仕助手の少年が受話器を耳に当てており、小柄な刑事はその受話器を奪い取った。電話は殺人捜査課からで、かけてきたのはウォーターズ警部だった。

ウォーターズは言った。「もしもし、トッドハンターか？　重要情報だ。おまえさんが寄越したガラスの破片は卸売販売業者や仲買業者がニューイングランド地方の薬局に卸している四オンス（およそ一一八ミリリットル）瓶の一部だ。なかに入っていたのは……」電話の声は、神経および食欲刺激剤で赤ん坊にさえ害にはならない通常の鉄、キニーネ、ストリキニーネ入りの強壮剤ＩＱ＆Ｓトニックの分析についてダラダラと語った。シンコナ（マラリアの薬キニーネを採るキナ皮）、鉄、硫酸根、着色物質、灰の割合を書き留めながら、トッドハンターの緊張は緩みはじめた。だがウォーターズが「およそ一・五〇三二七グラムの三酸化ヒ素が見られる」というクラム博士の結論を伝えると、瞬時に緊張が戻った。

三酸化ヒ素だって！　トッドハンターは壁に向かって目をぱちくりさせた。ローズ・ノースロップを殺したストリキニーネではなく、三酸化ヒ素だとは！　それが一・五グラムとはゆうに死に至る量だ。トッドハンターはなにも目に入らないまま壁を見つめていた。その事実は波のように彼のなかに押し寄せてきていた。彼はそのとき、ローズ・ノースロップのハンドバッグが行方不明になっている理由と、なぜ彼女がセイヤーの診療所に着く前に殺されたか、彼女がセイヤーになにをしてもらいたかったたか、そして殺人犯はなにをさせるわけにはいかなかったのかを理解した。

一瞬ののち、上の部屋にいるストームのことも、州警察に関わるあらゆることも、とにかく新たな殺人が起こるのを阻止しなければという以外のすべてが頭から消えたトッドハンターは、ベランダに出てそのまま石段を下り、フォードの運転席に座ってエンジンをかけると暗い大通りのなかに飛び出して行った。その騒々しい小型車の先端を一マイル以上離れた大きなジョージア王朝風邸宅に向けて。新たな殺人が起こる前にあそこに着かなければ！　どうか——間に合ってくれ。

普段のトッドハンターは慎重で安全運転だった。だが、彼は思いっ切りアクセルを踏むと、そのままベタ踏みの状態をキープした。

第十五章

例の木まで行ったものの屋敷に戻ってナンと遭遇しただけに終わり、自分の部屋に閉じこもっていたダフネは五分以上待って再び部屋を出た。しかも部屋から出ようとしているときには二度、実際にしたかどうかもはっきりしないほどのかすかな物音に引き止められ、階段にいるときにはだれかが階上の廊下で静かにドアを開閉した。なにも起こらなかったが、ようやくたどり着いた書斎は暖かな安らぎの場所で、ダフネの不安をしずめ心配をやわらげてくれた。引き留められていたことをアンドリューはわかってくれるだろう。じきに彼から連絡があるだろうし、きっとそれは祖父の寝室のなかでだ。フーパーはすでに書斎で眠っていて毛布の下に長身の人影があったが、彼が寝ているソファはその部屋の大きな窓に近すぎた。

暖炉そばのテーブルには食べ物があった。コーヒー入りの魔法瓶が一つとナプキンを掛けてあるサンドイッチの皿だ。ダフネは急に、ひどく空腹なことに気づいた。夕食のときはほとんどなにも食べなかったのだ。ダフネはサンドイッチを二、三個つまみ、コーヒーにクリームと砂糖を入れて寝室に持ちこんだ。祖父についての心配はなかった。彼はぐっすりと眠っており、ベッドは窓から二十フィート（約六メートル）は離れている。ダフネは一脚の椅子を窓際に押していき、そこに座って持ってきたコーヒーを飲んだ。開き窓は四インチほど開いた状態で固定されており、下のツツジの茂みからのごくかすかな囁き声でも聞こえるだろう。

待ち時間が始まった。ダフネはいらいらしてはいなかった。アンドリューには克服しなければならない困難があるのだ。たとえば、庭では二人の警察官が見張りを続けている。一度など、その警察官同士の会話の断片が聞こえてきた。ダフネは窓の鉛枠を区切る長く黒い開口部をじっと見つめ続け、時おり肩越しに祖父に目をやった。

整理ダンスの上に置かれた時計が静寂のなかで小さく一定のリズムを刻んでおり、完全なる無を慌てて記録しているような執拗な音がなんとなく耳障りだった。これまでは時間という次元の特性をまるで理解していなかった。一分間は果てしなく左右に延びていくことがあるかと思えば、吐息のようにあっというまに消え去っていくこともある。待つという行為も奇妙である。周囲のものに新たな意味や力を与えるのだ。その不動性にかすかに禍々しさが漂う。背の高いたんすという磨きこまれたほの暗い物体の上に置かれたウエッジウッドの青い水差しが、命を宿した重要なものになる。祖父の頭が赤灰色のかさを被ったピンク色っぽい丸いボールになり、祖父の体とは無関係にこちらを見張っているようだ。そんなはずはないのに。祖父はなかば横向きに寝ていて少しこちらを向いており、呼吸は深く静かでよく響いていた。それはダフネ自身の血流のように耳のなかに響いた。吸って吐いて、吸って吐いて、吸って……顎が中綿入りのサテンローブを留めている胸のあたりの大きなボタンの冷たい硬さにぶつかり、ダフネは驚いてびくっと背筋を伸ばした。

眠るわけにはいかない。だがコーヒーを飲んだというのに、どうしようもなく眠かった。椅子から立ち上がってあたりを歩きまわらなければ。そうだ、そうしなければ。もう少ししたら、この――この朦朧とする眠気を振り払ったらすぐに。

部屋の壁が広がりつつあった。なんて奇妙なのだろう。壁が離れ、逃げ去ってゆく。ここは洞窟だ。長細く、暗く、いつもとは違う形になっている。また高さも異なっている。階段数段分、下がっている。言うまでもなく、この部屋は別の家、見知らぬ家のなかにあるのだ。でも祖父は大丈夫。ダフネは確認するために祖父を見た。

その音、耳障りな濁った泡立つような音がその部屋、その洞窟を満たしていたからだ。それは細い管のなかを無理に押し上げられ、押し下げられ、また押し上げられる液体の音だった。その音……なにかが……祖父をいらだたせている。祖父の瞳は短く濃い灰色のまつ毛のあいだで薄く開いていた。

その泡立つような音は次第に大きく、より執拗になった。洞窟の壁がどんどん自分や祖父に迫っているせいだろう。あたりは暗く、ますます暗く、真っ暗になっており、その場の空気は唸り声を上げて轟いている。こちらに降り注ぎ、のみこみ、洞窟に閉じこめようとしている大荒れの海の轟音だ。その山のような黒い波のあとに我々が存在していたことを示すものは、曖昧な渦だけだろう。

なんとかしなくては。なにかしなければならない。しかし、くたくたで動きたくなかった。じりじりと照りつける太陽の下、水平帽をかぶった何百匹というネズミたちと競技場をぐるぐる走り回るなんて馬鹿げている。だがダフネは動かなければならなかった。とにかくそうしなければ。この強い衝動がどこから来ているのかわからなかったが、それは確かに心のなかにあった。「動くのよ。動きなさい！」

その衝動に突き動かされて、ダフネは立ち上がった。しかし両足はしびれていて、冷たく濡れたでこぼこの石の上で足首ががくっとなった。ダフネは必死でベッドへと進み、ついにたどり着いた。手をつかんで引っ張ったが、祖父は強情で動こうとしない。祖父はただあのなにも見ていない瞳をこちらに向けた——そしてそのあいだにも大波はどんどん近づいてきていた。
「おじいさま」ダフネは叫んだ。「おじいさま！」そして自分の声で目が覚めた。ダフネは祖父のベッドの横に立ち、祖父の片手を握っていた。ダフネは小さく安堵の息を吸いこみ、ふと下を見てぎょっとした。

祖父の様子がおかしい。不明瞭な泡立つような音、重々しく、平坦かつ単調で、ダフネが夢のなかで聞いたその音は現実だった。それは祖父の口元から発せられていた。ダフネは祖父の手を放した。それは気の抜けたドサッという音とともにダフネの手から落ち、寝具の上で開いたままになった。ダフネは書斎に駆けこんだ。

フーパーは寝椅子で眠っていた。ダフネは大声で、半狂乱になって執事の名前を呼びながら肩をゆすり、握りこぶしで肩を叩いた。だが効果はなかった。フーパーは目を覚まさない。絶望や怒りがダフネを圧倒した。助けを呼ばなければ。ダフネは書斎のドアまで走り、勢いよくそれを開けると、その場に凍りついた。

階段の下をほのぼのと照らしていた小さな電気スタンドは消えていた。だれかが消したのだ。廊下は闇に包まれている。背後の灯りはダフネの足元を白くぼんやりと照らしているだけだ。そして前方の暗闇のどこかで、だれか、あるいはなにかが動いた。すばやく、密やかに、ありえないほど静かに、明確な狙いを持って。

あとのことははっきりしない。ダフネは不安の重さをうっすらと感じ、祖父のために助けを呼ばなければという思いでその不安と闘いながら階段に向かい、転び、手すりにつかまって立ち上がったことはぼんやりわかっていた。それから叫び声を上げようとしたが、できなかった。

そのとき、なにかがダフネの頬を打った。蛾のような、なにか柔らかくて飛ぶものが。ダフネは反射的にそれを手で払った。するとそれはびくっと引っこんだ。現実離れしたゲームのような無意味で恐ろしいそれをきっかけに、ダフネの苦しかった喉が開いた。ダフネはさっと上を向くと、闇に響き渡る悲鳴を次々と上げ続けた。

第十六章

　その半狂乱の悲鳴が聞こえたとき、トッドハンターはテラスを横切っていた。彼は玄関へ駆けつけ、鍵がかかっていると知ってドアノッカーを使いかけたが、考え直して一番近い窓へ突進し、ピストルの銃床で窓ガラスを割ろうとする寸前でホールの照明が点いた。トッドハンターは玄関へ戻ると、ドアノッカーを激しく打ちつけた。三十秒も経たないうちに玄関が開いた。開けてくれたのはパジャマ姿で裸足のヒラリー・ブレヴァンだった。彼はぼんやりトッドハンターを見つめた。ブレヴァンの黒い髪は逆立っており、端正な顔はくすんで見えた。

「なんです?」ブレヴァンが食ってかかってきた。「なにごとですか? なにが起こっているんです?」

　トッドハンターはそれに答えることなくブレヴァンの横をすり抜け、書斎のドア目がけて走った。ダフネ・ブレヴァンが階段でうずくまっており、継母がそばにいた。ナン・ブレヴァンは光沢のある緑色のネグリジェを着て、毛皮の縁取りのある緑色のサテン生地のスリッパを履いている。トッドハンターは書斎をさっと見渡し、これだけの騒ぎにもかかわらずフーパーがソファで毛布をかけたまま微動だにしないことに目を留めると、ナイトの寝室に入っていった。

　ベッドのなかの老人を一目見ただけでわかった。ルーファス・ナイトは昏睡状態に陥っている。だが、まだ望みはあるかもしれない。トッドハンターが振り返るとすぐ横にブレヴァンがいた。トッドハンターは「医者を呼んでください」と言うと、瀕死の人物の上に屈みこんだ。

二人の警察官が、ホールに寝間着姿でたむろして騒いでいる怯えた様子の使用人たちをかき分けて進んでいくなか、ヒステリー状態になったらしい女中の興奮した声が上がった。トッドハンターは指示した。だれも書斎に入ってはならないし、どこにも手を触れてはならない。十分足らずでセイヤーが到着した。

トッドハンターは言った。「毒物です――おそらく」

セイヤーは言った。「まさか！　なんの？」

トッドハンターは言った。「以前はヒ素でした」トッドハンターとセイヤーの向こうで、ブレヴァンがよろめいてベッドの足元につかまった。

再度、電話がかけられた。専門医と看護婦たちが呼ばれ、運転手が酸素ボンベを取りに行かされた。今度はセイヤーが指示を出す番だった。水、洗面器、タオルを。そしてバッグから胃管、強心剤を。枕を支えにナイトをベッドに起き上がらせて。その時点で深夜一時半を回っていた。夜十時にセイヤーが往診してから、ルーファス・ナイトがなにを飲食したかを突き止めるのが急務だ。毒物を摂取していて、明確な手がかりがない場合、誤った解毒薬を使用すれば死に至りかねない。

フーパーも薬の影響下にあった。彼はソファから無理やりひきずり起こされ、嘔吐剤を与えられ、シャワーを浴びさせられ、あたたかいローブにくるまれて、大股で行ったり来たりさせられた。セイヤーはこれら一連の対処法をナイトへの処置の手を休めることなく、口元を引き結び、顔から汗を流しながら指示した。セイヤーはほとんどしゃべらなかったが、トッドハンターには医師が楽観視していないことがわかった。

ロンベルグという名の胃の専門医、看護婦一名、酸素ボンベがほぼ同時に到着し、セイヤーとロンベルグのあいだで話し合いがあった。フーパーも話せるようになった――かろうじて。だが放心状態で気分が悪いようだ。また、彼が言いえたことはほとんど役には立たなかった。ルーファスは十時にセイヤーの往診を受けたあとはホットミルク一杯と処方された鎮静剤以外なにも口にしていない。ルーファスがそれらを飲んだのは十一時少し過ぎだったという。

ロンベルグはセイヤーを見た。セイヤーは言った。「バルビタールナトリウムです。彼がいつも飲んでいた薬です」ロンベルグは肩をすくめた。

「それは症状をカモフラージュするでしょうな、もし――」

「確かに。ただ時間の長さから言って――」

「あの唾液分泌は――」

「やってみるしかない」

トッドハンターは議論する医師二人をその場に残し、書斎に入って行った。アンドリュー・ストームは自転車でクリフトップの門を通過したところを、三十分前に逮捕されていた。一人の警察官がやってきて、トッドハンターにそのことを告げた。トッドハンターは淡々と「それは良かった」と応じると、コーヒー入りの魔法瓶とダフネとフーパーが使った空のカップを載せたトレイを押収した。トッドハンターはまた、ほかにもさまざまなものを押収した。隅にあった小さな金庫を開けようとしたら、鍵がかかっていた。続いて居間をのぞきこむとダフネが瞳を閉じてソファに長々と横たわり、そのそばに椅子に座った女中が付き添っていた。ブレヴァン夫妻は二階で着替え中だ。トッドハンターは女中に席を外させると、ダフネに話しかけた。
ダフネの応答は眠そうで要領を得なかった。のちにダフネはこのときの会話を覚えていなかった。そしてそれはトッドハンターに考える材料を与えた。トッドハンターはダフネをあとに残し、ホールにある電話コーナーに入ると殺人捜査課に電話して特定の情報を求め、マッキー警視への伝言を残した。そしてブレヴァン夫妻が一階へ下りてくると、彼は二階へ行った。

幅広で奥行きのない五番目の階段、トッドハンターが最初に屋敷に入ってきたときにダフネがうずくまっていたあたりに、赤茶色の毛糸が四、五本落ちていた。一インチ程度から二インチクォーター（約五・七センチ）ぐらいまで長さはバラバラだ。トッドハンターはそれをポケットに忍ばせた。

トッドハンターは屋敷内の薬品戸棚を片っ端から探したが、犯罪の証拠となるようなものや、そこにあるべきではないものは一切見つからないまま部屋から部屋へとさまよい、あらゆるクローゼットのなかを見てルーファス・ナイトの寝室に戻ってきた。

ヒラリー・ブレヴァンは出たり入ったりし、ナン・ブレヴァンは一度やって来たが、両手で顔を覆って出ていった。ナイトの命をつなぎとめる闘いは延々と続いている。だがそれは無駄な闘いだった。彼の呼吸はどんどん遅くなっていた。呼吸器の機能が低下している。脈は単なる揺らぎ程度にまで弱まっていた。ルーファス・ナイトは四時二十分に死亡した。

ダフネはみなから聞かされる前に祖父が死んだことを知っていた。彼女は階段で座りこんでしまった瞬間から無関心、無気力という灰色の繭に包まれていたのだ。これは半ば生理的なもので、彼女が飲んだ薬の影響によるものだった。そして薬の効果が薄れるにつれて、その保護膜も薄れていき、それが完全に剝がれ落ちたのは、公務を担った者たち数名が五時前に部屋に入ってきたときだった。

すでに夜は終わっていた。太陽はまだ地平線より下だったが、もはや夜は過ぎて薄墨色の光が背の高い窓からうっすらと漏れ入り、ロックウェル・ケントの絵画、家具、敷物、タペストリーから色を吸い取っていた。

ダフネが最初にしっかり見た人物は、ソファのそばに立ってこちらに屈みこみ、グラスを彼女の唇に当てて「これを飲んで」と言うセイヤーだった。彼の顔は金属から切り出したかのようで、ぴんと張った皮膚が骨を覆っていた。

ダフネは従った。熱い火のような液体に喉がひりついた。それを飲むダフネの体に片腕を回しているナンの動揺した白い頬には涙の跡がついている。ダフネの父は少し離れた所に腰掛けていたが、その肩は力なく落ちていた。父は疲れ切っているようだった。ナンと父とセイヤー以外には、見知らぬ医師とヴィスクニスキ警部とメモ帳を持った警察官一名とセンター・ストリートの小柄な刑事がいた。

ヴィスクニスキはナイトが息を引き取る少し前に屋敷に到着しており、その後ただちに書斎で短い話し合いが行われた。ロンベルグは医療用語を使った——長々と。つまるところ、ロンベルグの話はこうだ。セイヤーも自分と同意見なのだが、わずかに示された身体的特徴から判断して、この七十六歳の繊維製造業者はカプセル剤として投与された致死量の水銀塩の類に倒れたと思われる。セイヤーがバルビタールナトリウムのカプセル剤を処方しており、ナイトはそれを十一時に服用した。よってそのカプセル剤がすり替えられていた可能性が高い。入手可能な証拠を精査するまで、それ以上のことを言うことはできないが。

暖炉には薪が補充されていた。ヴィスクニスキは炎に背を向けて炉床に立っている。なにか大事な話があるのだ。ダフネはヴィスクニスキ警部をじっと見つめた。警部の物言いは明瞭だったが、それらをすべていっぺんに理解するのは難しかった。

ナイト氏はなんの前触れもなくローズが死んだと聞いても、ローズがどのように亡くなったかを聞いてもその衝撃に屈しはしなかった。ナイト氏は自ら毒を飲んだのではない。これは殺人である。

またしても。

二度目の。

鈍く鳴るような沈黙が巨大な部屋を隅々まで満たし、話は終わった。その部屋で生き生きしているのは炉棚の両側に置かれた緑色の陶製の猫たちだけだった。彼らの厳しく光る眼は注意深く、警戒を怠らない。そのとき静寂が破られた。アンドリューの名前が回転しながら飛びこんできたのだ。ダフネはそれがどこからなのか、だれが言ったのかわからなかった。

「ストーム、アンドリュー・ストームが……」

ダフネは注意を向け、聞こうとした。ルーファスを毒殺したカプセル剤が入っていた箱は、書斎の窓のそばの薬用テーブルに置かれていた……アンドリューはすでに逮捕されている。彼は日中ずっと、そして晩もずっとこの屋敷の敷地内にいたことを認めている……ヴィスクニスキは他のぶつかったり絡み合ったりする話し声に負けじとまた話しだした。「今度はストームの逃亡はありえません。彼はいま町の留置所に入っています。できるだけ早くわたしは――」

「ちょっと待ってください、警部」

それはトッドハンター刑事の静かな声だった。彼は咳払いをした。そして自分のほうを向いている周囲の人々の顔をぼんやりと見まわしてから、ヴィスクニスキ警部を見た。トッドハンターは言った。

「だれであれナイト氏にそれ――彼を殺したなにか――を与えた者がコーヒーにも薬を入れ、都合の悪いタイミングで邪魔が入らないように執事のフーパーを眠らせたというのが我々の共通見解ですよね。そう、だとすればストーム氏にそれができたはずがありません。なぜかというと……」

ダフネはそれ以上、聞いてはいなかった。その必要がなかったのだ。それで充分だった。ダフネの胸に刺さっていたナイフはすでに引き抜かれていた。祖父を殺したのも、ローズを殺したのもアンドリューではない。アンドリューではない。瞳を閉じ、ダフネはソファのクッションに倒れるように体を預けると丸くなった。

第十七章

トッドハンターの主張がダフネ・ブレヴァンにとっては助け船だったにせよ、その場にいたほかの者たちにとってはなにか別のものだった。トッドハンターはジャンボには言及しなかった。コーヒーは十時に女中ドリスが書斎に運びこんだあとで薬を入れられていた。コーヒーに薬を入れた何者かが、毒入りのカプセル剤をその部屋のテーブルにあった箱に入れたのだ。トッドハンターは、九時半以降ずっと見張られていたアンドリュー・ストームにはそのいずれもできたはずがない——だからルーファス・ナイト殺しには関与していないと言うに留めていた。

だがヴィスクニスキにとってそれは打撃だった。登っていた縄梯子を途中で切断され、足の届かない深い水のなかに投げ落とされたのだ。

それは事件の状況を一変させた。これまでの捜査が無効化されたのだ。新たな推測の領域が生まれ、その領域においては濃霧のなかを一歩ずつ慎重に歩かなければならず、そこでは機会はごくささやかなものでも曖昧過ぎるし、動機を推理することはできても、油断ならない狡猾で大胆不敵な殺人犯がそこらを自由にうろつくのを追いつめたり、やめさせるすべはなかった。

この用心深い殺人パターンに対して最後の細い糸のごとき手がかりを提供してくれることになるのは、ナイトの顧問弁護士ジョナサン・ヘンリー・グラウトである。しかしグラウトが到着するのはおよそ六時間後だ。さしあたってルーファス・ナイトの死に関する公式調査が始まった。

ダフネは看護婦に付き添われて休んでいた。ブレヴァン夫妻は当惑、混乱し、疲れに打ちのめされて自室に閉じこもっている。ナイトの遺体は解剖のために運び出された。「バルビタールナトリウム」というラベル付きの箱のなかに二個残っていたカプセル剤、フーパーとダフネが飲んだ魔法瓶に残っていたコーヒー、ナイトが服用していた強壮剤入りの瓶は使者によって鑑識課へ運ばれた。そして昨夜の経緯について細かい点まで裏付けが取られた。

ブロートンが屋敷に到着したのは九時だった。コネチカット州警察のトップであるフィリップス警視長もいっしょに。そのころクリフトップは砦《とりで》さながらになかも外も警察官たちに包囲されており、ナイトの書斎や空になった寝室には警察官たちが出入りし、絶えず電話が鳴り、新聞記者やカメラマンが門の前に殺到し、大勢の野次馬たちがそれを取り巻いていた。

二つの犯罪の物的捜査はすでに済んでいた。ローズ・ノースロップが殺害されたのは、ルーファス・ナイトが先の十一月の交通事故以降、飲んでいた強壮剤にヒ素を混入させて毒殺しようとしている者がいることを突き止めたからだった。ノースロップの対処法は簡単で、彼女はトッドハンターが洗面所で見つけたエキスで人工的に着色した無害な液体を、書斎のテーブルにあった毒入りの液体とすり替えたのである。陰謀がどれくらいの期間、続いていたのかは知る由もない。いまわかるのは、なにかによって疑惑を抱くに至ったノースロップ嬢がセイヤー医師の所に持参するはずだったサンプルにおいて、それは命を奪うほどの濃度だったということ。彼女がグリーンデールのセイヤーの自宅にたどりついていたら真実が明らかにされ、ナイトはただちに殺人犯の手の届かない安全な場所に移されていたはずだということだ。

だが、ノースロップ嬢はたどり着けなかった。彼女は屋敷を出てほとんどすぐに襲われて致死量のストリキニーネを注射され、ハンドバッグを奪われ、証拠となる毒入りの液体の瓶を取り出され、それが丘のふもとでやぶのなかに投げ捨てられて石垣に当たって砕けたのだ。

ルーファス・ナイトに関して、ハートフォードにある鑑識からの暫定報告書（完全な分析は一週間から三週間程度を要する）によれば、ルーファスはモルヒネと二塩化水銀が混合されたカプセル剤で殺害されたと考えられる。無害なバルビタールナトリウムのカプセル三個がその箱から取り出され、毒入りのカプセル三個とすり替えられていたのだ。セイヤーと専門医ロンベルグの双方が、ダフネによって急を知らされていなければ彼の死は自然死と見なされていたかもしれないという見解に至っていた。モルヒネが水銀の実質的効果を覆い隠していただろうと。

導き出される結論はこれしかない。ルーファス・ナイトに毒を盛った何者かがローズ・ノースロップを殺害した。そしてナイト殺しの犯人は、昨夜フーパーにすぐに屋敷中の人間を呼び起こされるのを防ぐためにコーヒーに薬を入れることが可能で、十時以降に書斎にいたか書斎に入ることができた人物である。ゆえにそこにいた者は全員疑いを免れない。セイヤー医師、フーパー、ダフネのほか、この条件に当てはまるのは死亡したナイト氏の義理の息子、その妻、その友人シルヴィア・スタージスとネヴィル・ワッツ、そして女中のドリスだ。

書斎の暖炉横の小ぶりなクローバーリーフテーブル（天板がクローバーの葉形にデザインされたテーブル）、窓のそばにあるキャビネットテーブル（収納用の飾り棚付きのテーブル）、その二つのテーブルのあいだでのすばやい動作――第二の殺人の準備は一瞬で済んだだろう。機会に関して言えば、どの関係者も等しく怪しい。

疑惑が屋敷に暗い影を落とした。それが示唆するものは恐ろしく、陰惨で、関係者たちに互いを見知らぬ他人のように感じさせ、ごくさりげない視線にも用心深さ、推測、憶測を忍ばせることになり、あらゆる結びつき、信頼関係、人間関係を損ねていた。

それはダフネが十時に目を覚ましたときの雰囲気にも及んでいた。まだ事情聴取されていなかったのはダフネだけで、警察から話をしたいと求められた。ダフネは起き上がり、看護婦の手助けを断って着替えをした。ナンが階段下でダフネを出迎えた。ナンは非の打ちどころがなく落ち着いていた。黒のウールワンピースを身にまとい、姿勢は良くたおやかで、瞳は澄み、肌は滑らかだったが、優しさ、あたたかみ、輝きが失われており、完璧に冷えきったスチールのように一分の狂いもなく作りこまれていた。

ナンは「気分は良くなった、ダフネ?」と明るく言うと、ダフネのブラウスの首元のグログランリボンをまっすぐに直し、義理の娘からの返事を待たずに朝食室のドアを開け、テーブルに着いている男たち――ブロートン、フィリップス警視長、ヴィスクニスキ警部――を一度だけちらりと見ると、そのまま出ていきドアを閉めた。

その時点からダフネに対する質問が始まった。そしてそれは長々と続いた。休みなく続く非情なプレッシャーの結び目を切断しようとして、ダフネは最後の危険のただなかに誘われてしまうことになる。

ダフネの椅子は大きな窓のほうを向いており、窓の外では四月の日差しが降り注いでいたが、その日差しは遠かった――アンドリューは無事だけれど、それ以外にいろいろあり過ぎた……。

ブロートンはダフネの右側に着席していた。彼の目は物問いたげに、探るように、愉快そうに、絶えずダフネに向けられていた。その朝、彼のダフネに対する態度はかすかに変化していた。前日よりも形式ばらず、媚びるような、気楽な感じに。しかもそこには娘を甘やかす父親のような「小さな女の子はしょせん小さな女の子なんだから、いたずらをしたとしてもすべて打ち明けてくれれば悪いようにはしないよ」的なうんざりさせられる雰囲気があった。

ブロートンはダフネに話をさせようとしなかった。彼はダフネに質問に答えるだけにさせた。ダフネは初めのうち、質問の意図を理解していなかった。

冬と初春における祖父のアンドリューに対する態度を悲しく思っていたことを認め、自身の花園をこれといった目的もなく歩いたことや、花園を襲った害虫についてはいとかいいえとか答えていたダフネは、急に昨晩のことに話を引き戻された。

「あなたは九時ごろ敷地内の常緑樹の下でストームと会う約束をしていたことを認めますね？」

「はい」

「そしてストームはここでどんなことが起こっているか知りたがった？」

「ええまあ」

「さて、ストーム氏はあなたが屋敷に戻る前に、なにかこうするようにと指示しませんでしたか？」

「その――おっしゃる意味がわかりません」

「わかっているはずです、ブレヴァン嬢。そう、おわかりのはず。ストームはあなたに恋しているし、あなたは彼に恋しているんでしょう？　それにあなたたちは長いあいだ離れ離れでしたよね？　それはつらい、ひじょうにつらいことだ。あなたが彼と二人きりになりたいと望むのはごく当然のことです。だれもそのことであなたを責めたりはしない。さてストーム氏はあなたに小さな包み、フーパーを眠らせ、おじいさまを眠らせるようなものが入った小さい包みを渡しませんでしたか？　そうすればあなたたちは二、三時間、二人きりになることができますからね」

ダフネはようやく、ブロートンがなにを言っているのかを理解した。この男はダフネが故意にせよそうでないにせよ――アンドリューにそそのかされて――祖父に毒を盛ったのではないかと疑っているのだ。

その瞬間、強い嫌悪感が怒りの白い炎にのみこまれた。

ダフネは椅子から下りた。シルヴィアのことやネヴィルのこと、ローズの電話についての考えが頭から消え、あの夜ホールの照明が消えていたこと、耳にした物音、暗闇で頬に触れたもののこともすべて忘れてブロートンの前に立っていた。きゃしゃな彼女の赤毛に日光が差し込んでいるせいでこめかみが金色に染まり、大きく見開かれた灰色の瞳は、苦しみと激しい怒りで暗く翳っていた。

「でたらめ言わないで！　アンドリューからはなにも渡されてないし、わたしは祖父になにも飲ませていません。これ以上、話を聞くつもりは――」

「座りなさい。ブレヴァン嬢――」

そのときグラウトがやってきた。ポートフォリオ、すなわち大きな革製の書類かばんとともに。それして歓待を受けた。それからダフネにとって、祖父の死を望む強力な動機となりかねないことを告げた。ルーファス・ナイトが亡くなったのは、遺言を書き換え、アメリカ通貨一ドルだけを与えて孫娘を切り捨てようとしていた直前だったのである。

第十八章

グラウトは非の打ちどころがない仕立ての服に、きれいに整えられた髪型の太りじしの大男で、端正な空色の大きな瞳に大きな鼻という、パーツの大きい彫りの深い顔立ちだった。たっぷりした肉付きにもかかわらずそれは引き締まっていてぜい肉には見えない。彼はあらゆる種類の困難に慣れていて、どんな状況でも完璧にリラックスできた。彼がこの朝、身を置くことになった状況においても。

グラウトはナンとヒラリー・ブレヴァンに出迎えられ、殺人に言及することなくルーファスの突然の死に対するお悔やみを述べ、シルヴィア・スタージスと握手をし、ネヴィルに人懐っこく会釈をした。彼はこの二人とも知り合いなのだ。ダフネは解放され、グラウトが朝食室に案内されるとそこにはブロートン、フィリップス警視長、ヴィスクニスキ警部が今や遅しと彼を待ち受けていた。

グラウトはルーファスの死に関するブロートンやヴィスクニスキの説明に熱心に耳を傾け、いかなる意見も表明せず、質問には進んで答えた。

ローズ・ノースロップは月曜の晩に殺された。グラウトによれば、月曜日の午前中十一時ごろにルーファス・ナイトから事務所に電話があったという。ナイトは同日午後すぐにグリーンデールに来て欲しいと望んだが、グラウトには先約があってそうすることができず、昨日である火曜日に訪問し、ナイトの新たな遺言書を作成するために食事をして泊まる約束をした。

問われて、グラウトは認めた。電話のナイトは腹を立てていて、ほとんどなにを言っているかわからないほどだった。ナイトはストームがグリーンデールにいることを承知しており、自らの意図を説明していた。ストームとの親密な関係を再開すると言い張るなら孫娘には一ドルしか与えず、財産は慈善事業に寄付するつもりだと。

「一ドルだ」ナイトは電話口で怒鳴っていた。「一ドルだとも。そう書き換えてくれ、グラウト。あの子がそのほうがいいと言うのなら、望みどおりにしてやる」

「しかしながら」――グラウトは肩をすくめた――「頭に血が上った男というのはとても責任能力のある者とは言えません。ルーファスが暴言の限りを尽くして意図している以上のことを言うのは毎度のことでした。もっとも、こちらとしては彼と言い争うつもりはなかった。時間に任せておけばもっと理性的になるだろうと思っていたのです」

グラウトは、昨日の午前中に屋敷に電話したのは列車を手配するためだったと語った。それはローズの死を聞いたナイトが発作を起こした直後で、電話に出たのはダフネだった。祖父はいまショックに打ちのめされて眠っているとダフネに告げられたグラウトは、屋敷を訪れる予定を今日に延期したのだ。

このような状況からダフネ・ブレヴァンはいまや莫大な遺産の相続人であるが、それには一定の条件が課せられていた。ローズ・ノースロップとグリーンデール銀行が管財人となり、ダフネはすぐにではなく、二十七歳になったときに相続する。それはルーファスがダフネを信用していないからではなく、すさまじい変化の時代に金銭的な判断を下すにはまだ若過ぎると考えたからであり、孫娘に一生安泰でいてもらいたいからなのだ。

そのほかの遺贈物としてはフーパーへの年金、高齢の使用人たちへのお金、ナン・ブレヴァンへの貴重なタペストリー一式、シルヴィア・スタージスへナイトの妻の宝石類などがあった。ローズは毎年、おそらくはつねにダフネへの注意を怠らないようにしてもらうための特別手当として投資金の利益の五パーセントを受け取り、遺産がついにダフネに渡ったあかつきには即刻十万ドルを受け取ることになっていた。また一年前に追加された条項において、ルーファスはセイヤーに対し、慈善事業に使わないようにという但し書き付きで千ドルを、そして象牙のチェスの駒と金庫に入れてある封印された青い封筒をネヴィル・ワッツに遺していた。

「なにもないんですか?」ブロートンがたずねた。「義理の息子であるヒラリー・ブレヴァンには」

グラウトは言った。「ナイトはダフネの母クララがブレヴァンと結婚したときにクララに財産分与をしました。ブレヴァン氏は初代ブレヴァン夫人が亡くなったときに、それを手にしているのです」

ローズはすでに亡く、資産規模に照らすとほかの遺贈物はわずかであるため、卓上の金をすべてさらっていくのはダフネになる。新しい遺言状よりも先に死がルーファス・ナイトを打ち負かした場合には。そして実際にそうなったのだ。

グラウトは立ち上がってこのことに言及した。彼は急用ですぐにニューヨークに帰らなければならないことを詫びた。もちろん、警察に求められれば今後いつでも協力を惜しまないからと……。

グラウトは屋敷を去る際にもう一度ブレヴァン夫妻に会い、ヒラリーと少し仕事の話をした。ヒラリーはすでに、現行の遺言状の一般条項を承知していた。「変更はないんでしょうね?」

グラウトは「重要な変更はなにも」と言うと、葬儀についてたずねた。葬儀に関してはまだなにも決まっていなかった。警察からの許可を待たなければならなかったからだ。「では、決まったら教えてください。それまでのあいだ諸々の調整を行っておきますから……」

グラウトはいっしょに昼食をどうかというナンからの誘いを断り、ダフネに玄関まで見送って欲しいと頼んだ。ダフネと二人きりの玄関ホールで、グラウトは問いかけるようにこちらを見上げる小さな青白い顔を優しく見下ろした。そこには本来あるべきではないなにかが刻まれていた――十歳、老けこんだとでも言うべきか。

グラウトは感傷的なタイプではないし、ルーファス・ナイトの死に対する責任を負うべき人物がだれかについてまったく考えをまとめてはいなかったが、珍しく思いやりのこもった口調でこう言った。

「わたしだったらあまり気に病まないようにしますよ、ブレヴァン嬢。なんたって、あなたのおじいさまは七十年以上も生きたんですから。苦しんではいないのですし」

ダフネはうなずいた。それはある種のなぐさめではあったが、不毛ななぐさめであり、屋敷内に垂れこめている重苦しさの核心、つまりブロートンからダフネへの悪意あるほのめかしを撃退することはなかった。

ダフネの表情が晴れないのを見て、グラウトはこう付け加えた。「だれであるにせよ、ローズを殺した者がルーファスを殺した――アンドリューにはそれは不可能です。ニューヨークから来たあの刑事が彼の無実を保証してくれています」急に血のめぐりが良くなってアンズ色に染まった透きとおった肌と、潤んだ切れ長の灰色の瞳を見て、グラウトは突然、老いと重苦しさとかすかな切なさを覚えた。

「アンドリューはどこにいるんですか、グラウト先生」ダフネがたずねた。

「セイヤーの所です」グラウトが答えた。「トッドハンターがああ言うのを聞いたからには、警察も彼を勾留しているわけにはいかず、解放せざるを得なかったのです。わたしはこれから彼と話をしに行くつもりです」

「わたしも連れていってください」ダフネはすかさず頼みこんだ。どうしても、、、アンドリューに会い、ブロートンがどんなことをほのめかしたかを伝えて、気をつけるように言わなければ……。

グラウトの前に立って彼の手を握るダフネは、真剣であどけなくとても愛らしかった。彼女の必死の訴えに屈しそうになったが、グラウトはかぶりを振った。たとえブロートンがダフネに屋敷から離れることを許可したとしても、まずは自分がアンドリュー・ストームに二人だけで会いたかったからだ。ダフネに微笑みかけながらグラウトは言った。「いまそうするのは賢明ではないが、今日のもっとあとからならなんとかできるかもしれない。あなたのご希望をかなえられるかどうかやってみましょう」

ダフネはひとまずそれでよしとするしかなかった。無理に笑顔を作って礼を言うと、テラスを横切り、石段を下りて、ケーブルタクシー社の車に乗りこむグラウトを見送った。

そのとたん、またあれが始まった。ダフネが一息つく間もなく、一人の警察官が背後に現れた。祖父の書斎でダフネと話をしたいという警察の要請である。ダフネはその警察官を見つめ、逃げ出したいという衝動がこみ上げてくるのを感じていた。警察からだけではなく、この家とそのなかにいる全員から。四月の爽やかな涼しい風、太陽の光、小さな新芽の影が遠く石垣の向こう側にあった。玄関を出ればそこへ行ける。だが逃げ出すことなど不可能だった。ダフネは鬱々たる気持ちで振り向くと、警察官のあとについてホールを進んだ。取り調べが再開され、今度は祖父の強壮薬について訊かれた。

そのころ村にあるセイヤー宅の居間でアンドリュー・ストームと対面するグラウトの聡明な心にひ

っかかっている疑問は、少しも解消されることはなかった——すぐには。ストームは六年間グラウトの事務所で助手《パラリーガル》として勤務しており、グラウトはストームを責任感があって信用できる、知的でバランス感覚の優れた若者だと感じていた。だが、ストーム持ち前のバランス感覚はどこかに行ってしまっていた。

二人の男たちはもはや雇用主と従業員ではなく、対等な立場として顔を合わせながらグラウトはいささかあっけにとられていた。ストームは自らの身の安全など少しも意に介さない。彼が気にしているのはダフネのことだけだ。仮にクリフトップにいるブロートンのテーマソングが「両想いの恋人たち」だとすれば、ストームのテーマは「危機にあるダフネ」だ。それ以外のどんなこともストームにとって問題ではないのだ。彼はひたすらこう言い続けていた。「彼女を連れてニューヨークに戻ってくれませんか？」

たとえダフネがその提案を受け入れたとしても、警察が許さないだろうとグラウトがやんわりと断ると、アンドリューは怒り狂って長い脚で部屋のなかを行ったり来たりしながら、グラウトに呪いのことばを吐いた。「グラウト先生、あなたは彼女の顧問弁護士でしょう。そうしようと思えばできるはずだ。建前ばかり言わないでくれ。頭のいいあなたに抜け道を見つけられないはずがない。警察なんか——あんな間抜けども！　笑わせないでくれ。やつらは目の前で犯人にルーファス・ナイトを毒殺された——その責任をダフネになすりつけようとしている。とんでもない愚か者だ。馬鹿で、間抜けで、うすのろで、脳なしだ！」

「だれを疑っているんだ、ストーム？」

「全員だよ」アンドリューは荒々しく言い返した。「そんなこと聞いてどうする？　ぼくがだれを疑おうがどうでもいいじゃないか。ぼくは探偵じゃない。探偵だったら、あいつらが招いたこのザマを放っておくもんか。トッドハンター！　あの小男はもう少し有能かと思っていたよ。だがあいつもほかの連中と同じ大間抜けさ。約束していようが構うものか。夜までになんの進展もなければぼくはここから出て、ダフネのことをなんとかするつもりだ。今晩もまたあんな狼の群れといっしょに彼女をあの家に閉じこめておくわけにはいかない」

「狼？」グラウトが不審そうに問い返した。

　ストームはグラウトの横やりを一蹴した。「ことば尻を捕えるのはよしてくれ。あの家にいるだれかがナイトを殺し――ローズ・ノースロップを殺したんだ。どこまで行ったら終わりになる？　いまから一時間後にダフネがまだ生きている保証があるか？　どうしてそれがわかる？」

　グラウトはこの真剣そのものの問いに答えられなかったし、彼と話すのは神経が磨り減った。ストームは手に負えない。グラウトは待ち望んでいた二人の男がようやく到着すると安堵のため息をついた。二人は予告なく現れた。カチャリという音とともにドアが開き、部屋に入ってきたのである。

　一人目は痩せ型で、色が浅黒く、高名なニューヨークの警察委員長ロジャー・ケアリー。二人目はマンハッタン殺人捜査課のトップで、トッドハンターの上司クリストファー・マッキーだった。

　グラウトとマッキーとケアリーは古い知り合い同士だった。マッキーはその日の早朝、グラウト弁護士がまだ就寝中に電話をかけてきた。そしてグラウトにナイトの死とその詳細を伝えると、マッキーは言った。「ケアリーが気も狂わんばかりにストームを心配していてね。おそらくは自分のプロポーズを断ってくれたストームの母親への感謝の念からかな。それはともかく、きみはできるだけ早くグリーンデールへ行ってくれ。現地で会おう」

警察委員長からアンドリューへの挨拶はそっけなかった。ケアリーにとって重要なのは彼の母親なのだ。「お母さんがとても心配しているよ、アンドリュー。きみはまたずいぶんとややこしい状況に飛びこんだな」

マッキーは冷静にストームを観察すると、彼にいくつか質問をした。この長身痩軀のスコットランド人はストームを落ち着かせることにかろうじて成功する。三十分後に彼らが立ち去ったとき、ストームはさしあたってここに留まることを承諾していた。

マッキーは一刻も早くトッドハンターに会いたかった。そしてトッドハンターは宿屋の玄関ホールで彼らを待っていた。トッドハンターとマッキー警視は二人きりで二、三分間、話をした。マッキーは耳を傾け、うなずいた。それからトッドハンターは脱兎のごとく大急ぎでドアから出て行った。

同行者たちのもとに戻るとマッキーは言った。「ここで張りこみをさせていた部下が、手がかりをつかんだかもしれないそうだ。彼がそれを調べているあいだ、我々はなにか食べるとしよう」

トッドハンターの部屋であまり美味しくないサンドイッチと昆虫パウダーで作ったような味のコーヒーとともに、三人の男たちは互いの知恵を絞り合い、コネチカット州を震撼させている二つの殺人事件の謎を解決しようとした。

第十九章

グラウトは辟易した様子でコーヒーカップをわきへどけると、葉巻に火を点けながら言った。「きみたちが気づいているかどうかわからんが、ブロートンはダフネ・ブレヴァンを疑っている。いたいけな娘を追い詰めるのが楽しいんだろう。彼には諸手を挙げて歓迎されたが、ナイトの遺言、あるいはそれを変更しようという目論見は多方面へ影響が及ぶものだ」

ケアリーは怪訝そうな顔で言った。「つまり――どういうことだね？」

グラウトは冷静に答えた。「現状維持によってメリットがあるのはダフネだけではないし、ナイトが新たな遺言を作成するのを阻止したいのも彼女だけではないということさ。彼女には仲間がいた。たとえば父親がそうだし、美しい継母ナン、シルヴィア・スタージス……」グラウトの口調に軽薄さはなかった。

マッキーは考えこむようにグラウトを見つめた。「前から不思議だったんだが、シルヴィア・スタージスはなぜあのタイミングで舞台から引退したんだろう。目下の状況となにか関係があるんだろうか？」

グラウトは肩をすくめた。「シルヴィア・スタージスは長年ヒラリー・ブレヴァンに惚れていたのさ。いまでもそうだろう。推測だがね。ただ、勘違いしないでもらいたいんだが――あの二人がいわゆる不倫関係だと言っているわけではない。そういうのじゃないと思う。なぜわたしがそれに気づいたかを話そう」

グラウトはどっかりと椅子に腰を落ち着けた。「六年ほど前のある晩のこと、当時、彼女は『ジレンマ』の舞台に立っていた。彼女がどれほど成功を収めたかは覚えているだろう——批評家たちにできっこないと言われながら、彼女は喜んで役を引き受けた。後援者のバーンステッドはわたしの依頼人でね。子会社がらみでちょっとした問題があり、シルヴィアが宿泊しているホテルのスイートルームで彼女と話をしているときに、ブレヴァンの来訪が告げられたんだ。彼は南米から戻ってきたところだった。

「彼らが二人きりになりたがっているのは一目瞭然だったので、わたしは大急ぎで暇乞いをした。そのスイートルームには寝室のほかに居間と大きな玄関スペースがあり、シルヴィアの女中は姿を消していた。スイートルームから出ようとしたわたしはドアまで来て、ブリーフケースを部屋に忘れてきたことに気がついた。居間は煌々と照明が点いていたが玄関スペースは薄暗く、振り向いたわたしは——自分が見たり、聞いたりすべきではない場面に居合わせてしまったことに気づいたんだ。

「二人は部屋の中央に立っていて、ブレヴァンは両手をシルヴィアの両肩に置いてこう言っていた。『ぼくは結婚するよ、シルヴィア。そのことをきみに一番に知らせたかったんだ』すると彼女はブレヴァンの手を振りほどき、炉床まで歩いていくとそこに立って炎を見下ろしていた。シルヴィアはブレヴァンに背を向けており、こちらに彼女の横顔が見えていた。シルヴィアは『相手はだれなの、ヒラリー?』と言い、その声はごく普通だったが表情は——あれほど打ちひしがれた人は見たことがなかったよ。

「ブレヴァンは彼自身とナンのことを話し続けていた。彼女が南米を船旅中に出会ったとか、もうふらふらするのはやめたとか、ダフネもまもなく大人だし、これからはグリーンデールでルーファスとともに暮らすつもりだとか、ルーファスに事業に携わってもらいたいと言われているとかね。彼はシルヴィアとナンが友だちになってくれることを願っているとも言っていた。

「そして、そのあいだずっとシルヴィアは必死に平静を保とうとしていた。それでわかったんだ。彼女はこの男に夢中で、男のほうはそのことを知らないのだと……言うまでもなくわたしはブリーフケースをそのままにして、こっそりとスイートルームをあとにした。まるで犯罪者にでもなったような気分で。

「あとはきみたちもご存知の通りだ。シルヴィアはその一週間後に『ジレンマ』を降板し、半年間、海外旅行をしてからここに定住した。彼女はすでに長年、古い農場に時おりやってきては住むという暮らしを続けていたし、友情という名の半斤のパンでも、なにもないよりマシだと考えたのだろう……シルヴィアが一時期ルーファスとの結婚という思いつきをもてあそんでいたのもブレヴァンのため、ブレヴァンを助けるためだろうと思うよ」

「ブレヴァンを助ける?」ケアリーが聞き返した。「それはどういう意味だね?　彼には美しい妻も多くの金もある。ここの銀行の副頭取で地元の名士だ。これ以上なにが不足だと?」

グラウトがどっしりとした顎をさすった。「まず第一に、きみは金について思い違いをしている。ブレヴァンには金がない。銀行からいくら給料をもらっているのか知らないが、せいぜい年に七、八千だろう。そして彼はそこからあの家での自分と妻の生活費を支払っている。大富豪との暮らしは高くつくんだ。むろん、今後は状況も変わるだろうがね。ローズが死んだいま、グリーンデール銀行はナイトの資産の唯一の管財人だ――そして実質的にブレヴァンがグリーンデール銀行なんだ。頭取のブライリー翁は目もよく見えないし、ものすごく耳が遠いからね」

「今朝、会ったときのヒラリー・ブレヴァンの印象は?」マッキーがたずねた。

グラウトは肩をすくめた。「すごくピリピリしてたな。だがそれを言うなら全員がそうだった。無理もない。自分の家で殺人が起きるなんて冗談じゃない――しかも、自分も容疑者リストに名を連ねているとなればなおさらだ。ブレヴァンにとって、この家にいる者はみなローズを殺し、ルーファスに毒を盛った容疑者なんだと考えるだけで耐えがたいのだろう。彼は背筋を伸ばしすぎてほとんど反っくり返らんばかりだ……日ごろからそうなんだよ。あれほど世間の評判を大切にしている男には会ったことがない」

マッキーの瞳の奥が一瞬きらりと光って消えた。マッキーはネヴィル・ワッツについてたずねた。

グラウトは微笑した。「ナイトがワッツに遺した青い封筒はなかなか興味深い。これはあくまでも推測だが、あのなかには借用書の類が入っているんじゃないかな。ルーファスはワッツを気に入っていたし、ワッツとダフネが結婚するとなれば反対しなかっただろう。風変わりな老人でね、ルーファスという人は。時代錯誤というか――故意にものを見ようとしなかったと言うべきか。彼はダフネを人間としてではなく、心から気に入っている一個の財産と見なしていた。彼はダフネをだれにも損なわれたり、傷つけられたりせずに、目と手の届くところに置いておきたかったし、跡継ぎになる男のひ孫を望んでいたんだ。イソベル・コルビーに肘鉄を食らわされ、その一カ月後に結婚した妻が娘を産んだときおおいに失望したルーファスだが、結局はその娘がダフネという贈りものをくれたんだ。ちなみに、実際にルーファスから金を借りていたとしたらワッツはたいした度胸の持ち主だが――彼には胆力がある。いずれにしろワッツが金に困っているのは確かだ。わたしと彼は同じ仕立て屋を使っているが、わたしを担当してくれている男が支払いが滞っているとこぼしていたからね。だが――人殺しをするだろうか？　それはわからない。ネヴィルは自分自身と、その体面をとても大切にしている――わたしには殺人によって彼にどんな得があるのかわからない」

「ブレヴァン嬢は？」マッキーが気怠そうに促した。

グラウトが眉を上げた。「アンドリュー・ストームが戻ってきて、お互いの誤解は解けたのに？ありえないな」

ケアリーは昨晩、書斎にいたほかの者たちについてたずねた。グラウトは薬の入っていたコーヒーに手を触れた女中についてはなにも知らなかった。フーパーについては、それほど先の長くない老人であるということとナイトを慕っていたという事実はさておき、彼はダフネが祖父の付き添いをするつもりだということは知っていても、ダフネが書斎に入ってきたときに自分自身が眠ってしまっていることも、ダフネが件のコーヒーを飲んで眠ってしまうことも知りえたはずがなかった。

リチャード・セイヤーに関して言えば、主治医としてずっと前から疑惑を抱かれることなくルーファスを始末する機会は無数にあったはずだった。だから彼がよりによって屋敷に衆目が集まっているときを選んで、そんなことをする理由はないように思える。ルーファスがセイヤーに遺した金額はごくわずかだし、セイヤーは金に執着する男ではない。セイヤーがダフネに献身的で、彼女のためなら事実上なんでもやるというのは本当だ――たとえば昨年十一月に大っぴらにストームを擁護したせいで、セイヤーはルーファスと仲違いしかけたほどである――しかし、私欲のない献身が殺人の動機というのはいささか現実離れしている。

ケアリーも同意見だった。マッキーも条件付きで同意した。女中、フーパー、セイヤーについては、なにか彼らに不利な新事実が発見されない限り容疑者リストからは外すべきだろう。七人から三人引くと残りは四人——ナンとヒラリー・ブレヴァン、シルヴィア・スタージス、そしてネヴィル・ワッツだ。

そのときトッドハンターが部屋に入ってくると、五人目の容疑者を加えた。彼はローズ・ノースロップの死の二日前の夜に歌いながらクリフトップの敷地をうろうろしていた吟遊詩人《トルバドゥール》と、ローズの死の翌日ヒラリー・ブレヴァンに電話をかけてきた横柄なフランス人について説明し、この二人を関連づけた。トッドハンターが得た情報から推測して、この侵入者はかなりの騒ぎを引き起こしており、ノースロップ嬢は翌日その男について、使用人たちに徹底的に問いただしていた。もしもあの歌は合図で、電話はナイトを始末する準備の仕上げだったとしたら？

グラウトが言った。「共犯者がいたと？」

強壮薬とナイトを殺害したカプセル剤入りの箱の両方が置いてあったテーブルが、窓から手の届く距離にあったことは念頭に置いておくべきだとトッドハンターは遠慮がちに答えた。

「しかしながら」ケアリーが異議を唱えた。「睡眠薬入りコーヒーが入った魔法瓶はそうではないし、これもナイト殺害に不可欠な要素だ」

トッドハンターはうなずき、赤茶色の毛糸くず五本を取り出した。彼はそれらをテーブルに置いてどこで見つけたかを話し、昨晩まだ睡眠薬が抜けていないダフネと話したときのことを説明した。トッドハンターは言った。「ブレヴァン嬢がナイト氏の書斎に入ったときから、そこから飛び出して助けを求めるまでのあいだに廊下の照明を消した者がいるんです。彼女は暗闇のなかでこの人物と衝突しそうになりました。なにかが『蛾のように』頬をかすめたとブレヴァン嬢は言っています。これらの毛糸クズはこのとき彼女に触れたものの一部ではないでしょうか。彼女は反射的にそれをつかもうとし、引っこめられる前にこれらの毛糸くずを手に入れました。ただし、そのころベッドに入っていなかったことを認めている者はおりません」

部屋のなかがしんと静まり返った。一同は再びクリフトップの屋敷内のだれかが抜け抜けと嘘をついているという事実を突きつけられていた。

マッキーはぼんやりとその小さな赤茶色の毛糸くずを見つめた。「ポンポンか房飾《タッセル》りか装飾品《オーナメント》か」彼はそうつぶやいた。「トッドハンター、その出どころについてはまだわかっていないんだな?」

トッドハンターはかぶりを振った。「スタージス嬢とワッツ氏の所持品に該当するものはありませんでした。さっき彼らの住まいをざっと調べてきたところです」

その後、話し合いは一時間弱ほど続き、いくつかの事柄が明らかになっていた。最初からナイト殺害が狙いだったこと。ローズ・ノースロップはそのことを突き止めたため、セイヤー医師の診療所に到着してセイヤーとギルブレスにその内容を伝える前に始末されなければならなかったこと。ナイト毒殺の企てに使われた強壮薬の瓶に中身が補充されたのはその前の月曜日で、薬剤師の手を離れた時点では問題なかったこと。だがそれがわかったところで意味はなかった。容疑をかけられている者たちは全員、それになにかを混入させることができたからだ。

この集まりがお開きになったのは二時ごろであり、グラウトはニューヨークに帰らなければならなかった。マッキーとケアリーも同様である。その部屋を出る前に、マッキーは苦さを含んだ声で言った。

「この二つの犯罪は極めて巧妙だ。一つ軸になった二つの可愛らしいイチゴのように……（シェイクスピア『真夏の夜の夢』第三幕第二場ヘレナのセリフ、河出書房・三神勲訳より）。通常そこらに転がっている手がかりは皆無で、事実に基づく証拠はない――ローズ・ノースロップは殺人者をちらとでも見られたのかさえ怪しい。あの晩は真っ暗だったからね。あのストリキニーネに注目するんだ、トッドハンター。あれは興味深い。この事件で真に興味深いと言えるのはストリキニーネだ。ところで、ローズ・ノースロップはセイヤー先生と八時に約束をしていたんだったね？」

トッドハンターがうなずいた。

「そしてセイヤーはその時間に診療所にいたのか？」

「そうです、警視。しかし距離的に言って夕食後、二、三件の往診に出かけたセイヤーにも犯行は可能だったはずです」

「わたしが気になるのは」マッキーが言った。「距離のことではない。ほかの容疑者たちはどうだ？」

トッドハンターはメモ帳を取り出してページを繰った。「ブレヴァン夫妻、スタージス嬢、ネヴィル・ワッツは八時に狩猟クラブで夕食の約束をしており、全員そこに行きました。もっともブレヴァン氏は遅刻しており、自らそれを認めています。銀行に行って、忘れていた仕事をやらなければならなかったのだそうで」

「それでブレヴァンは遅刻したと」マッキーはゆっくりと言った。「ブレヴァン夫人とスタージス嬢とワッツは？」

「わかりません、警視。のちほど確認します」

「そうしてくれ」マッキーが言った。「必ず頼む。八時から八時十五分までのあいだ彼らがどこでなにをしていたかを突き止められたら、我々は狙う敵を射程範囲に捕らえられるはずだ」

グラウトとケアリーはすでに立ち上がっていた。二人とも不思議そうにマッキーを見つめている。ローズ・ノースロップが殺されたのは八時過ぎではなく、それよりも十分から二十五分も前なのである。マッキーはなんの説明もしなかった。しかし家から出て、石段を下り、残りの二人の男たちからは聞こえない所で、マッキーはトッドハンターをぎょっとさせるようなことを言った。

帽子を目深にかぶり黒い瞳をすがめて通りかかったビール輸送用トラックを見つめながら、マッキー警視はこうつぶやいた。「これまでに言ったあれこれに加えて、ストームから目を離すなよ、トッドハンター。あいつはダイナマイトだ。あの娘だけでも危険だが、ストームといっしょになると……とにかく、きみにやれることをやるんだ。わたしは反対側から調べる。あの連中について知っておきたいことが山ほどあるからな」

話はそれだけだった。しかしトッドハンターにはマッキーが言わんとすることが理解できた。ダフネ・ブレヴァンは単なるダフネ・ブレヴァンではなく、利害対立の奔流のなかに置かれた巨万の富なのだ……トッドハンターはその場に立ったまま、マッキーの背を侘しい気持ちで見つめ、上司が路肩に止めてある隠し武器を積んだ黒のキャデラックに乗りこみ、車の流れに混じって見えなくなるまで見送った。

それからトッドハンターは自分のオンボロのフォードでクリフトップに向かった。彼はもう一度、ダフネと話をしたかった。その途中で、彼は電話局に立ち寄った。トッドハンターはカリアー氏と連絡を取ろうと、その日すでに五回以上もブリッジポートにあるシコルスキー工場に電話をしていたのだ。そして今度はそれに成功した。カリアー氏は昨晩六時にヒラリー・ブレヴァンに電話などしていないし、直近でブレヴァン氏に会ったのは一週間以上前、銀行の彼のオフィスでだと断言した。つまり、ブレヴァンは電話について嘘を言っていたのだ。グリーンデールの住人ではなく、むろんカリアー氏でもない謎のフランス人はますます怪しさを増していた……彼と最初に話をしたのはダフネ・ブレヴァンだ。トッドハンターはカリアー氏に礼を言って電話を切り、中断していた移動を再開した。

第二十章

トッドハンター刑事がダフネと会ったり、話をしたりするのに障害は一切なかった。だが問題はダフネと二人きりになれないことであり、周囲にほかの人間がいては意味がなかった。ブロートンはトッドハンターを嫌っているようだが、こちらが会釈をすると、渋々ながらも受け入れている様子である。ブロートンはお山の大将なのだ——目下のところ。

ブロートン検事補のなかでは、アンドリュー・ストームがローズ・ノースロップを殺害し、意図的かそうでないかは別としてダフネ・ブレヴァンの協力を得てルーファス・ナイトも毒殺したのだとほぼ確定していた。ストームはグリーンデールにあるセイヤーの診療所で、ブロートンの部下数名によって繰り返し取り調べ中だ。ストームは逃げられない。ブロートンはダフネに集中していた。

ダフネとしてはブロートンが疑いをはっきりと口に出し、公然と殺人罪に問うてくれたほうが楽だったろう。だが、小賢しいブロートンはそうしなかった。ダフネとアンドリューどちらに対しても証拠はまだ揃っていないからだ——法廷に持ち込める堅固で水も漏らさぬ鉄壁の証拠は。だからブロートンは弁護士たちに介入され、こうしたらいいとか、こうふるまえとか、どういう返事をすべきでどういう返事をすべきではないなどとダフネに入れ知恵をされて、取り調べの機会を狭められたり、手かせをされたくはなかった。

家の者たちは全員いた。使用人たち、フーパー、ブレヴァン夫妻、シルヴィア・スタージス、ネヴィル・ワッツは時々、呼び出されていた。

ブロートンはローズ・ノースロップ殺害前日の日中の細部の裏付けに成功していた。それは晩にナイト毒殺の最初の企てが実行された日だ。ローズは宿屋にいるストームのもとを訪れて町から立ち去るように警告し、屋敷に戻っている。四時にセイヤーがナイトの肩の様子を見たときは、ナイトにはなんの異常もなかった。ブレヴァン夫妻、スタージス嬢、ワッツは午後遅い時間にナイトに会っており、同一の証言をした。ダフネは夕食後と就寝前のナイトに、いつもの強壮剤を飲ませていた。

それから一時間経たずにナイトは具合が悪くなった。ノースロップ嬢が迅速な対応を取り、手荒ながら決断力のある処置を行ったからこそ、ナイトはその場で死なずに済んだ。分娩で出かけていたセイヤーと連絡が取れなかったノースロップ嬢はナイトに強力な嘔吐薬を与え、実際に害を及ぼす前にヒ素の大部分を取り除いたのである。ルーファスが数時間にわたって苦しみ悶えたその夜の記憶から手探りで引っ張り出すかのように、そう言えば、中断される眠りに落ちる前、例の瓶の中身が普段より多かったようだと語ったのはフーパーだった。

フーパーによれば、明け方近くに付き添いを交代するためにナイトの寝室に戻ってきたローズがその瓶を持っていたのだという。その瓶は三日間にわたって使われていた。ローズはそれを光に透かし、じっと見つめながら奇妙な声でこう言っていた。「なんだか――量が多すぎる。ほとんど満杯じゃないの」

その強壮薬に関して、ブロートンがもっとも念入りに事情聴取したのはダフネだった。

「ではブレヴァン嬢、おじいさまの具合が悪くなった夜、強壮薬を飲ませたのはあなただったのですね？」

　こうした際限のない事情聴取はダフネに催眠術のような影響を及ぼしはじめていた。ダフネはなにも感じなくなっていた。瓶のなかの毒、それをスプーンに注ぎ、少量の水の入ったグラスに入れてかき混ぜる自分の手……。「ええ、そうだと思います。とにかくそのとき祖父に付き添っている者が飲ませたんです。わたしはそれに毒が入っているなんて知らなくて」

「ほう、それが毒入りだとはご存知なかった？　瓶の中身におかしなところがあるとは思わなかったんですか？」

　おかしな……ところ。あのときの光景が脳裏をよぎり、禍々しい場面が万華鏡のように入れ替わってゆく。祖父の付き添いで徹夜したあとホールに立つローズ。痛む目を充血させ、ひび割れた唇で「セイヤー先生が来たらすぐ知らせてちょうだい」と言いながら、毒入りの強壮薬の瓶が入った黒のハンドバッグに触れている。あのときわたしがローズを呼んでさえいたら！　そうしていれば。そしてそのあと書斎で薬用テーブルの上のものをまっすぐに直したり、ローズが毒入りのものと取り換えた無害な液体入りの瓶に手を触れるナン……。

「いいえ、その瓶についてはなにも気づきませんでした。いつもどおりに見えました」

　強壮薬のあとはヒ素だった。ダフネのものである庭づくりの本が示された。甘く、むせかえるような艶やかな夏の香りを放つ巨大なスイートピーや青のデルフィニウム、濃いオレンジ色のマリーゴールド、さまざまな色のフロックスが咲き乱れる華やかな表紙の本である。

「これはあなたのですか、ブレヴァン嬢？」

「はい、わたしのです」

「この手書き文字も？」

ダフネがそれも自分が書いたものだと答えると、ブロートンは書きこみを読み上げた。

ダフネはこう書いていた。「わたしは本当に良くやった。バラに付くあの虫たちは死んだ。あの気味の悪い無数の害虫たち。わたしはそれを調合し、自分の手で吹きかけた。ゾッとしたけど、ナンが言うように一か八かやってみるしかなかったのだ。これからはもう怖がったりしない」

目立たない場所から観察し、話を聞いているトッドハンターは、ブロートンが一個連隊をもゆうに殺せる量の毒が温室にあり、ダフネはそのことを知っていて、彼女を通じてストームもそのことを知り得たと証明しようとしているのだとわかった——幼少期にクリフトップで暮らしていたストームは、この屋敷と敷地に精通している。

「あなたがこれを書いたんですか、ブレヴァン嬢？」

「はい、わたしが書きました」

ヒ素のあとは、アンドリューと口論した祖父に対するダフネの心情について……事情聴取は何時間も続いた。ダフネはあとになるまで、この延々と続く尋問に対して父やナンが無関心であることに、午後遅くにネヴィルが激怒してもなお少しも変だとは思っていなかったのだった。

それはダフネが警察から解放されていた三十分かそこらのあいだに起こった。そのときダフネはみんなといっしょに居間にいて、雑誌をめくりながらアンドリューのことを考えていた。どこかに行っていたネヴィルが戻ってきた。フーパーが紅茶を運んできた。顔色が悪く、体がぶるぶる震えている老いたフーパーは、頑固なまでに自分の務めを最後まで果たそうとしていた。

「お茶は、ネヴィル？」そのトレイの前に座っていたナンが声をかけた。美しい顔は陰になっており、両肩と両腕の輪郭が炎に照らされていた。ナンは品格があり、冷静で、もの静かだった。あの慎み深い外見の陰には人知れぬ努力があるのだろうか。そのせいで彼女の声も、立ち振る舞いも、こんなにも慎重なのだろうか。

「紅茶なんかどうでもいい！」ネヴィルは乱暴にそう吐き捨てると、ナン、父、シルヴィアを順ににらみつけた。「あんたたちがなにを考えているのか知らないが、なぜダフネのために弁護士を呼ばない？　しかるべき知識を備えた人物、ブロートンの息の根を止め、あの嘘つきのせせら笑うような声を黙らせてくれるだれかを。こんな取り調べに甘んじなければならないなんて、ダフネにとってひどい侮辱じゃないか」

ダフネの全身がささやかなあたたかさに包まれた。無頓着で、かすかに退屈したような態度を装っているネヴィルは、じつはそれほど無情ではなかったのだ。

ネヴィルに答えたのは父だった。膝の上にティーカップを乗せてじっとそれを見つめ、乳白色の壊れやすい泡のなかを底に沈んだ角砂糖一個が岩でできているかのようにスプーンでぐるぐるとかき混ぜながら。「ネヴィル、そう取り乱すものじゃない。現段階でそんなことをするのは賢明ではない。ブロートンの考えなど重要じゃないんだから。彼が自ら笑いものになりたいのなら、勝手にさせておけばいい。明日にはグラウトも戻ってくる。それまでのあいだ、ブロートンの馬鹿馬鹿しい主張に反応するなどこれ以上ないほどの愚行だ。そんなことをしたらほかの人々、外部の者たち、世間の連中から本当になにかおかしいんじゃないかと思われてしまうだろう」

シルヴィアは「ヒラリーの言うとおりだわ」と言うと、慎重にケーキを一つ選び、丈夫な白い歯でそのアーモンドケーキにかぶりついた。普段のシルヴィアはまったく甘いものを食べないので、いつもよりエネルギーが必要だと感じていたのかもしれない。そんなふうには見えなかったけれど。だがそれを言うなら、彼女はプロの女優なのだ。

ナンはなにも言わなかった。熱いお湯の入った水差しの銀のふたを持ち上げて、なかをのぞきこんでいる。その日ナンはずっとそんなふうだった——さまざまな業務が安定して遂行されるよう差配したり、使用人たちが落ち着くよう監督したり、手紙を書いたり、電報を送ったり、まるでそれがどこかに行ってしまったこの家の威厳、安心、安全を取り戻す助けになるかのように、せっせと無数の雑務をこなしていた。

ネヴィルの怒りは収まらなかった。五時少し前に、彼は散歩に行かないかとダフネを誘った。だがその許可を求めるとブロートンに拒否された。ブロートンは言った。「ブレヴァン嬢には外出されると困ります」

五時にセイヤーがやってきた。医師はちらりとダフネを見ると、ブロートンに会いにいった。そのときトッドハンターはその場にいた。セイヤーはずばり核心を突き、冷静にブロートンに言った。「思いどおりにするのはもちろんあんたの勝手だが、これだけは言っておく。ブレヴァン嬢をしばらく一人にさせ、休ませ、気力を回復する時間を与えなければ——彼女は倒れるだろう。いま警告したからには、今後なにかあっても責任は持たない。よろしいか」

相手からの返事を待たずにセイヤーは大股で出ていくと、ホールにいたダフネを見て、人気のない食堂室に引っ張りこんでドアを閉めた。セイヤーはアンドリューからダフネ宛ての手紙を預かっていた。ポケットからその手紙を引っ張り出したセイヤーは、待ちきれない様子のダフネに微笑みかけた。

ダフネはそれを破って開封した。アンドリューはこう書いていた。

愛する人へ
きみはきっとおじいさまのこと——そしてあらゆることを思い悩んでいるだろう。ぼくになにかできたら、きみのそばについていられたらと強く思う。だが、ぼくは村にいて身動きが取れない。それもいつかは終わるし永遠に続くわけではないけれど。ぼくはきみのことが心配で気が狂いそうだ。どうか充分に気をつけると約束してくれ。今夜、寝るときは必ずドアに鍵をかけるんだよ。ひょっとしたら、きみが思っているより早く会えるかもしれない。それまで——愛しているよ、大切なきみ。

彼から手紙をもらい、自分を想ってくれていることがとても嬉しく、ダフネは安堵のあまり涙にくれた。セイヤーはぶっきらぼうな優しさで、そんなダフネを落ち着かせた。彼の上着に顔をうずめたダフネの頭をポンポンと撫でたのだ。「泣けばいい。我慢することはない。泣くことは悪いことじゃない。きみは緊張しすぎているからね。アンドリューの身に危険はない。連中はあれやこれや彼を困った状況に陥れているが、それだけのことだ。彼を知る者全員にとって、まったく馬鹿馬鹿しい話だよ。きみと同様、彼も殺人など犯すはずがない。ブロートンがなにを言おうと、トッドハンターはアンドリューが犯人だとは思っていないし、わたしはあのニューヨークから来た小男に賭ける」

セイヤーがアンドリューの無実を確信してくれていることにダフネの心は慰められ、勇気が湧き、心強くなって孤独感が薄れた。「彼に会うことさえできたら」ダフネは小声で言った。

セイヤーはうなずいた。そして優しく言った。「わかるよ。つらいよな。だが、ブロートンがきみたちを二人きりでは絶対に会わせっこないし、警察官にそばで見張られ、会話の一語一句に耳をそばだてられながら会ってもなんにもならないだろう」

セイヤーはハンカチでダフネの目元をぬぐい、彼女を座らせると、グラスにシェリー酒を注いで、これを飲むようにと言った。疲れ果てているらしく、セイヤーの肉の薄い整った顔はここ四十八時間のストレスで、剃刀のように険しかった。

「可哀想なリチャード」ダフネは言った。「こんなことになって――わたしのことまで――ただでさえ仕事や患者さんのこともあるのに」

セイヤーの笑みは歪んでいた。「わたしの患者のことは心配しなくていい。今後はごくわずかになるだろうし――今回のことが片付くまでは」

ダフネは呆然としてセイヤーを見つめた。ダフネはこのとき初めて、彼がどんな状況に陥っているのかを理解したのだ。ダフネ自身やフーパーやそれ以外の家の者たちと同じく、セイヤーも昨夜、祖父に接触した者全員に向けられているこの忌まわしい疑惑の渦中にいる。しかもセイヤーの場合は生活そのもの、彼が二十年がかりで築き上げてきた職業的信用が危機に瀕しているのだ。

ダフネは苦しげに叫んだ。「リチャード、なんてひどい。世間はどうしてそんなに残酷になれるの？　散々、あなたに世話になってきたのに！」

セイヤーは己の懸念を振り払った。「なんとかなるさ」彼はぽつりとそう言った。「ローズがわたしに電話していたときに、書斎のドアを開け閉めしたのがだれなのか突き止めることさえできれば……」

ダフネはさっと背筋を伸ばして座り直し、グラスのふちからシェリー酒がこぼれた。昨夜の発見のことをすっかり忘れていたのだ。テラスにいるナンと父とシルヴィア、ドア上の海洋灯の光を受けてキラキラと輝くナンの髪、ホールでダフネの隣に立ちおやすみと言うネヴィル、ネヴィルが吸っていた煙草とライラックの芳香が入り混じったにおい……ダフネは急いでそのことをセイヤーに告げた。

「あれはシルヴィアが自分用に作っている茶色の紙煙草のにおいだったから、きっとシルヴィア――シルヴィアかネヴィルだったはずよ――書斎のドアを開けたのは――」

セイヤーは考えこむように目を細めていた。そして「ここで待ってて」と言うと食堂から出ていき、ネヴィルとトッドハンターを連れて数分後に戻ってきた。そして謎が解けてみると、それはまったく事件解決の糸口にはならず、ダフネは少しだけ落胆した。

ネヴィルはローズが死んだ夜の夕方六時にこの屋敷にいたことをすぐに認めた。だが書斎のドアを開けてはいないし、その近くにもいなかったと断言した。彼は真面目な顔で言った。「あれはナンさ。ぼくは居間にいたんだ。横から入ったんだよ。ぼくはダフネを探しに行こうとしていて、ナンが書斎のドアを閉めるところを見たんだ。すばやくアーチを通っていなくなってしまったから声をかけそびれてしまった。そのことを知っているのはぼくだけだと思う。そして、あとから――いや、ぼくは彼女をあのハゲタカ野郎のブロートンに引き渡して、やつの嫌らしい爪の餌食にしようとは思わなかった」

それから、部屋にやってきたナンが磨き上げられた長いテーブルの端の席に着いて両手を前で組み合わせると、彼女が普段からとても大切にしているほっそりとした美しい手がテーブルの奥に映った。

ナンはローズが電話をしているときに書斎のドアを開けただけでなく、ローズが廊下をのぞいたときにそっとその場からいなくなったこと、しかも意図的に立ち聞きしていたことも認めた。ナンはその金色の頭を高く掲げて言った。「わたくしにはわかったの。階段を下りていく様子から、ローズがなにか重要なことを考えていると。だけど、グリーンデールにアンドリュー・ストームが来ていると、すでにルーファスに告げていたとは知らなかった。だれも知らなかったの。だってわたくしたちはローズに、その件は彼に知らせないほうが賢明だろうと伝えていたんですもの」

「賢明ですか、ブレヴァン夫人？」トッドハンターが穏やかにそうたずねた。

ナンはトッドハンターのほうを振り返った。「ええ、ルーファスを興奮させてもなんにもなりませんから」

「あなたたちは恐れていたのでは——ああなることを？　ナイト氏が激怒し、顧問弁護士を呼んで、遺言状を書き換えることでブレヴァン嬢を罰しようとするのではないかと？」

「おっしゃるとおりです」

ダフネは息をのんだ。窓のほうを向いて腰掛けているナンはとても美しく見えた。象牙のような白い肌は輝き、非の打ちどころのない目鼻立ちが背後の黒っぽい羽目板に明るく映えている。ナンは小柄な刑事ににっこりと微笑みかけた。「わたくしはお金に無関心なわけではないのです、トッドハンターさん。あんなに便利なものはありませんわ。わたくしの父は裕福な人でしたが、一九三〇年に破産して亡くなりました。貧乏がどういうものかは知っています——最悪な種類の貧困、頭を水の上に出しておこうと必死にもがかなければならないタイプの貧困を。あれほど嫌なものはありませんし、わたくしは貧困を回避するためなら節度ある範囲でなんでもします。もちろん人は殺しませんが」

ナンはとても巧みにその場を切り抜けた。ローズの外出先や、何時に屋敷を出発したのかを知っていた、あるいは知り得た可能性があることを否定しなかったのだ。知らなかったと明言しながらも。

ノースロップ嬢がセイヤー先生と八時に約束していたことをだれかに話したかとトッドハンターか

らたずねられると、ナンは金色の眉を上げた。「わたくしはローズが時間について口にしていたとは言っておりません。彼女がなにか重要なことを発見したのですぐに先生に会わなければならないと言っているのを聞いただけです」

トッドハンターはより適切なことばを発した。「だれかにその電話のことを話しましたか？」

ナンは関心なさそうに言った。「はっきりしませんが、言ったような気もします。夫かスタージス嬢に言ったかもしれません」

「でも、あなたは狩猟クラブに到着するまでスタージス嬢には会っていませんよね」

「会ってはいないけれど、六時半ごろに電話しましたから」

そのときもシルヴィアの話をするナンの口調には、慎重に覆い隠されてはいるもののかつてはなかった敵意が確かに存在していた。しかし二人はいつだってお互いに好意的で、すこぶる気が合っているようだったのだ。これまでに起こったことが二人の関係性に影響を与えるはずはないのに、実際にはそうなっている。ダフネは困惑し、驚き、不安を覚えた。

ナンが部屋から出ていくと、トッドハンターはダフネに、昨夜、父親に電話してきたフランス人のことや、祖父のために助けを呼ぼうと夜中に書斎から飛び出したときに聞いた音、そして暗闇のなかで頬をかすめたものについて質問を始めた。

ダフネはできるだけ正直に質問に答えた。彼女は食料貯蔵室《パントリー》に続くドアのほうを向いて座っていた。ドアの向こう側に灯りは点いていなかったが、かすかにドアが動いていた。そして開き、父親が入ってきた。ダフネはほかの者たちより先に父に気づいた。父は戸口に立って笑みを浮かべている。ダフネの体に寒気が走った。それが顔に貼りついたような、虚ろそのものの奇妙な笑みだったからだ。

ダフネはまず、起きたばかりで父はどこにいるかわからないのだろうと思い、次にお酒を飲んでいたのだろうと考えた。だが、そのどちらでもなかった。トッドハンターが振り返ると、父のさっきまでの笑みは消え、長身で背筋を伸ばし、ハンサムで自信に満ちたいつもの姿になっていたのである。ダフネをぎょっとさせたのはその変わり身の早さだった。まるで、本心や感情にかかわりなく、表情を取り繕うことに慣れているかのようだ。

ダフネはこう言っていた。「わたしにわかるのは、頰に触れたそれが柔らかかったということだけです」するとトッドハンターがたずねた。「それがなんだったか見当はつきませんか？」

ダフネはかぶりを振りながら、ウイスキーのたっぷり入ったグラスにミネラルウォーターが勢いよく注がれる音を聞き、父がそのグラスを口元に運んで一気に飲み干し、トレイに戻すのを見つめた。トッドハンターは言った。「お嬢さんのお話になにか付け加えることはありませんか、ブレヴァンさん。あなたと奥さまが最初にお嬢さんのもとに駆けつけたんですよね」ダフネの父が教師のような妙にきびきびとした口調で答えると、それは不思議な印象を与えた——どこか陽気な感じがしたのだ。「わたしはそのときせっせと書きものをしていました。それはいまも継続中で、救いになっている面もある。あなたのために明日には完全な供述書を書き上げますよ」

「明日ですか、ブレヴァンさん」

「明日です、トッドハンターさん」

ことばは不思議なものである。それは、そのことばの定義以上のものを意味する。明日というのは現在の次の日であり、今日に続くあくる日のことだ——しかし、ニューヨークから来たこの男とダフネの父のやりとりにはさらなる含みがあった。数分後、ダフネはそれがなんであるかを知ることになる。

セイヤーはある女中の様子を見に行っていた。食堂室を出る前の二人きりのときに、ダフネはセイヤーからこう言われていた。アンドリューへの手紙をわたしに託したければ、いまのうちに手紙を書くがいいと。

ダフネがホールに出るとあちこちが闇に包まれたその紫色の広大な空洞はがらんとしていて、あたたかく、良い香りがして、しんとしていた。あたりにはだれもいない。ダフネは急いで階段のほうへ向かい、上りはじめた。下から三段目の階段に差し掛かったとき、なにかが当たってダフネはその場から動けなくなった。柔らかくて軽いものが出し抜けにふわっと頬に触れたのである。まるで肉体ではなくなにか別の媒体に宿った透明な手が伸びてきて、ダフネに触れたかのように……。

ダフネの全身の血が凍りつき、周囲の薄闇が濃くなった。それは昨夜、彼女が祖父のために助けを求めて書斎から飛び出して、ホールが真っ暗だったときに触れたのと完全に同じ感触だった。

ダフネはよろめき、両手をやみくもに振り回した。今度も、あのときと同じようにそれはいきなり引っこんだ……ダフネは大声で叫ぼうとしたが、声が出なかった。頭の上からなだめるような声がした。「大丈夫です、ブレヴァン嬢。怖がらないで。ちょっと実験をしただけです」そして照明が点き、ホールや階段の吹き抜けが明るい光で満たされた。

ダフネは顔を上げた。トッドハンターが二階の廊下に立って手すりから身を乗り出し、指先でなにかを巻き上げている。それは灰色の細長い布切れで、端に赤茶色の房飾り《タッセル》が付いていた。トッドハンターがポケットに突っこんでしまったが、ダフネはそれがなにかわかった。父のバスローブのベルトである。その後に質問されたり答えたりする必要はなかった。ダフネにはわかったし、トッドハンターにもわかったのだ。昨夜、暗い階段でダフネがぶつかりそうになった相手は父なのだ――数分後に娘のそばに駆けつけたとき、父はたったいま飛び起きたというようにパジャマしか着ていなかったのである。

　そのとき、ダフネはまたしても不安を感じた。不安はダフネに触れ、襲いかかり、立ち去ろうとしなかった。ダフネはその後、なにが起きたのかもよくわからないまま気づくと自分の寝室でドアを閉めて鍵をかけ、机に向かってペンを持ち、これでなにをするつもりだったのかを思い出そうとしていた。アンドリューだ。アンドリューに手紙を書かなければ。頭のなかが木材になったみたいだった。父が昨夜遅く一階にいたのなら――なぜ父は嘘をついたのか。現に嘘をついたのだ。房飾りがさっき頬に触れたせいで、あの場面がはっきりと脳裏に蘇っていた。階段でうずくまり悲鳴を上げているダフネの体を抱きかかえるようにして、立ち上がらせようとしているナンが取り乱して叫んでいる。すると父が二人のもとに駆け寄ってくる。髪を逆立て、裸足で、こう言いながら。「どうした？　なにがあった？　眠っていたら悲鳴が聞こえて……」

　ペン先が紙に引っかかりインクが飛び散った。ダフネはペンから手を離し、両腕のなかに顔をうずめた。そして少しして顔を上げると窓から外を眺め――自分のなかにはっきりと現れている不安を見た。

　果てしなかった一日が終わりかけていた。またしても闇が下りてきている。ローズが死んでから二度目の。そのときダフネは決意した。彼女のすべてが怒りと抗議に立ち上がっていた――もうこの家で夜を過ごすつもりはない。過ごすものか。逃げ出さなければ――なんとしても。逃げなければ。消耗し疲れ切っていたが、ダフネは肘掛椅子の隅に体を丸めて考え、計画を練りはじめた。

第二十一章

「いま六時過ぎです、フーパーさん。お忙しいのは重々承知ですが一、二分だけでもお時間をいただけたら……以前あなたは下の工場で働いていたそうですね。あそこはすばらしい。わたしは昔から機械類が好きでして。まったく詳しくはないんですが」

トッドハンターはフーパーとともに食料貯蔵室《パントリー》にいた。トッドハンターはあくまでも控えめで物静かかつ謙虚にそこに立っていた。ブロートンがしくじっていたその点において、トッドハンターは成功していた。奥の居心地の良い小さな部屋に通され、二脚の椅子、二本の葉巻、アイリッシュウィスキー入りの小さなグラスが二つ――「あなたの言うとおりですね、フーパーさん。寒い春の夜にほんの少しのアイリッシュウィスキーは格別だ」トッドハンターはこの屋敷から辞去するまでに、皮肉めかした金句や少なくない数の切れ味鋭いコメントの混じった先の七十二時間の詳しい状況説明を、この老執事から少しずつ引き出していった。

トッドハンターのフォードは屋敷前に止めてあり、ジャンボが見張ってくれていた。トッドハンターは車に乗りこむと、自らの収穫について熟考しながらゆっくりと丘を下っていった。ブレヴァン夫妻がクリフトップに来て以来、初めて別々の寝室を使っていたせいで、トッドハンターは最初、赤茶色の房飾りが付いたダークグレーのバスローブを見つけられなかった。つまり、間違った場所を探していたのである。バスローブはブレヴァンがその夜を過ごした部屋のチェストにしまわれてあり、彼はあまり眠っていないようだった。彼がダフネとぶつかりそうになったこと、そして逃げ出したこと、その後ぐっすりと眠っていたところを急に起こされたふりをして再登場したことが、彼の用向きが急を要するものだったことを示していた。

トッドハンターはつぶやいた。「でも、眠れぬ夜を過ごしていたのは彼だけじゃなかったんだよ、ジャンボ。ブレヴァン夫人も起きていたんだ。ストーム青年を探しに木の所まで行き、空振りで戻ってきたダフネはブレヴァン夫人と鉢合わせしたんだからね」

ジャンボがしっぽを振る。トッドハンターは考え続けた。ローズ・ノースロップが死ぬ数時間前、ヒラリー・ブレヴァンはだれかが直接、持参したらしい一通の手紙を受け取った。彼が六時ごろに家に入ってきたとき、それはホールのテーブルに置いてあった。フーパーによれば、五時半にはそこになかったという。角ばったグレーの封筒で切手が貼ってあり、宛名はタイプライターで打ってあって、切手には消印が押されていなかった。フーパーはネヴィル・ワッツ以外だれも屋敷に通してはいなかった。ネヴィル・ワッツがその手紙を置いたのだろうか？　確証に欠ける。彼がだれにも見られずに入ることができたなら、ほかの人間だって入ってこられたかもしれない。

トッドハンターはその手紙が気になった。それが示唆するところは重大だ。手紙を見つけたブレヴァンの怒り、ローズが殺される二日前の夜に敷地内に侵入した者がいたこと、ローズの死の翌日、カリアー氏ではない横柄なフランス人から電話があったことから考えて、導き出される答えは脅迫――すなわち、恐喝だ。恐喝――悪行を暴露すると脅すことによる金銭の強奪――その悪行とは昨年十一月のルーファス・ナイト殺害未遂に違いない。

角ばったグレーの封筒……あとでそのレターセットを探してみよう。マッキー警視の指示によると目下、自分がやらなければならないことは二つ。つまり、ローズ・ノースロップが死んだ夜にナン・ブレヴァン、シルヴィア・スタージス、ネヴィル・ワッツがそれぞれ何時に狩猟クラブに到着したか調べること、そしてアンドリュー・ストームから目を離さずにおくことだ。

だが残念なことに、トッドハンターは一つめの任務をその場ですぐに遂行することができなかった。彼自身あとになるまで気づかなかったけれど、遂行できていたらその後の展開はまるで違うものになっていただろうし、三つめの危機的状況も防げたはずだった。

狩猟クラブはクリフトップから一マイルほど離れた森のなかにある巨大な建物だった。一年のなかでもこの季節は、週末以外は閑散としている。トッドハンターは退屈そうな電話交換手から、彼のことを駆除業者だと勘違いしている鼻が高くてやつれた女性接客係、さらにコールドウェルという名前の疲れ切った禿頭の男へとたらいまわしにされた。

コールドウェルによれば、ブレヴァン夫妻とスタージス嬢は確かに水曜の晩のダンス夕食会にいらしてましたが、それ以外のかたはなんとも……なにしろ百人以上のお客様がいらっしゃいましたので、ということだった。

トッドハンターは接客係であるコールドウェルに、彼らへの給仕を担当した者、もしくはカクテルバーを担当していたのはだれかとたずねた。彼らはまずバーでカクテルを飲んだのではないかと。だが、彼らはカクテルを飲んでいなかったし、ブレヴァン夫妻らのテーブルを担当した男はすでに帰っていた。ところが、興味津々な様子であたりをうろうろしていた楽団員のクラリネット奏者が、誕生日祝いの集まりがあった話をしてきた。ブレヴァン夫妻のテーブルはシュルツ嬢が友人たちと二十五歳の誕生日祝いをしていたテーブルの近くで、一人のカメラマンが何枚か写真を撮っていたという。あれは八時十分だ——というのも楽団員たちは八時に演奏しはじめた『美しく青きドナウ』を急いでやり終えて、カメラマンが撮影をしているあいだに『あの子のバースデーパーティの日』の演奏に入らなければならず『美しく青きドナウ』を九分間でやり終えたという事実をそのクラリネット奏者が覚えていたからだった。

シュルツ嬢へ電話をすると、写真はまだ手元に届いていないというので、次にカメラマンのエヴァンスに電話をした。エヴァンスは留守だった。だがエヴァンスはグリーンデール在住で、いまストームがいるセイヤーの自宅から二、三マイル離れた町の北端にある一階が商店のアパートで暮らしていた。そのときトッドハンターはストームについてなんの不安も抱いておらず、その必要性も感じていなかった。ストームは州警察官に見張られている家のなかで、ギルブレスやセイヤー医師といっしょにゆったりと食事していたのである。

エヴァンスを探すトッドハンターは、彼がホットドッグの移動式屋台でコーヒーとともにハンバーガーを食べているのを発見した。エヴァンスはみすぼらしい服装をした感じのいい若者で、くしゃくしゃの明るい髪をしていた。誕生日パーティのフィルムは現像したが、まだプリントしていないという。これから二、三件の撮影の仕事が入っていて、うち一件はヤマシギを追い詰めた犬で、もう一件はミルベールの亡くなった女性を撮るのだが、それらが終わったらすぐに、おそらく十一時ごろになるだろうが、シュルツ嬢とその取り巻きたちの写真をプリントするとエヴァンスはトッドハンターに約束した——その写真には前方のやや片側寄りにブレヴァン夫妻のテーブルが写っているはずだった。

トッドハンターは軽く腹ごしらえをするとすぐマンハッタン殺人捜査課に電話で現状報告をし、できるだけ人目につかぬようブレヴァン夫妻やシルヴィア・スタージスの銀行口座の前年から現在までの取引明細を調査するよう指示され、マッキー警視がブレヴァンの過去を調べており、ある質問に対するフランス警視庁からの回答の電報を待っている最中だというのを驚きもせずに聞いた。世界大戦中に八カ月間、ブレヴァンをアメリカ海外派遣軍とともに海外に行かせた鉱山技師はだれなのか。シコルスキー社のセールスマンではないフランス紳士の存在が、フランスを調べる価値ありと示唆していた。

トッドハンターが自分の状況を説明すると、エヴァンスから連絡を受け次第、マッキー警視に電話をすること、そしてストームから目を離さないようにと指示された。トッドハンターは電話を切った。さまざまな事情が明らかになろうとしていた。こういうことはよくある——表土はきちんとならされ手入れも行き届いているが、芝土をよけて掘ってみたらまるっきり別の事実があらわになるのだ。トッドハンターは上機嫌で電話局をあとにした。そのときトッドハンターはもちろん、ダフネからストームへの手紙のことも、彼女の決心も知らなかったのである。

第二十二章

いっぽうセイヤーはグリーンデールの自宅で、ダフネからの手紙をすでにストームに渡していた。

屋敷から出ると心を決めたダフネにとって、残る問題は「どうやって」と「いつ」だけだった。最初の晩、風の吹きすさぶ闇のなか噴水の横で会ったアンドリューは、ぼくといっしょに母の所に行ってくれと懇願した。アンドリューのことばはいまも頼もしくダフネの耳の奥に響いていた。「ぼくと行こう――いますぐに。きみは母と泊まればいい。結婚許可証が手に入り、ぼくたちが結婚できるまで……」

深夜になり、みんなが寝静まったらアンドリューに会える。そしてニューヨークのアパートで暮らす彼の母親のもとに連れていってもらい、ダフネはそこに泊まる。アンドリューは朝になる前にグリーンデールに戻れるだろうし、ダフネがどこに行ったとか、彼が町を離れていたことさえだれにも気づかれずに済むだろう。この計画が成功しない理由はない。入念に作戦を練ったのだ。あとは待ち合わせ場所を決めるだけだ。

偶然がダフネに味方した。彼女の机は西向きの窓の一つに対して横向きに置かれている。ぼんやりと外を眺めながら、ダフネの瞳は屋敷の裏手およそ〇・二五マイル（約四〇〇メートル）のところにある長い丘をなぞっていた。怒っているような深紅の夕焼けを背景に鬱蒼とした稜線が黒々と映えている。頂上近くの森のなかに一カ所、木が途切れている所があるのだが、それは一番高い崖の上にできた自然の台地でクリフトップという名前の由来になった場所であり、すばらしい眺めが広がる屋外の居間のような空間で深い峡谷のへりにあり、田舎風の椅子とテーブルが置いてあって隅には大きな石のグリルもあった。

あまり使われなかった祖父の玩具である――かつては毎年、夏になると工場の職員たちのために盛大な屋外食事会を開催していたのだ――そこはダフネのお気に入りの場所で、初めてダフネとアンドリューが出会ったあの幸せな数週間に五回以上、二人でいっしょに過ごしたことがあった。当時、アンドリューは狩猟クラブに宿泊していて、まだダフネの祖父には会っていなかったし、祖父のほうもアンドリューが何者であるかを知る前だったのである。

ダフネの呼吸が早くなった。峡谷の目と鼻の先にクリフトップの敷地の境界線があり、その向こう側には南にラウンドヒル、そしてグリニッジへと至る細い砂利道がある。

アンドリューがあそこまで来ることができれば、だれかに見られる危険もなく二人でその裏道沿いにラウンドヒルまで歩いていき、タクシーに乗ることができる……ダフネは机に向かうと手紙を書きはじめた。彼女は猛スピードで文字を綴り、自分が何時に峡谷へ着くかを書くときだけペンを止めた。早すぎても駄目だし、遅すぎても駄目だ――でもまあなんとかなるだろう。彼が先に着いたら待っていてくれるだろうし、自分が先だったら彼を待てばいい。ダフネは待ち合わせを十二時半に決めると、手紙に署名をして封をした。

一階のホールに来るとあたりにはだれもいなかったが、セイヤー先生の帽子と上着がベンチに置いてあった。ダフネが手紙をその上着のポケットに忍ばせたちょうどそのとき、一人の警察官が彼女を探しにきた。ブロートンがまた、彼女と話したがっていると。

事情聴取を終えたダフネは、父とセイヤー先生が玄関近くで小声で話しているのを発見した。セイヤーは父の肩越しに彼女を見た。彼女は声を出さずにセイヤーにメッセージを伝え、彼がポケットのなかに手を入れてそれとわからぬ程度にかすかにうなずいたのを見ると、満足してその場から立ち去った。

それからの数時間はあっという間だった。ダフネは対立、すなわち自らの目的実現のための悪戦苦闘を予想していたが、そのようなことはなにも起こらなかった。その晩はなんの問題もなく夢のようにすんなりと進み、心臓は夜が更けるほどに規則正しく脈打つようだった。祖父の死や、なにも言わずにナンと父のもとを去ることは考えないようにし、アンドリューといっしょに旅立つ明日のことを考えた。そのときになればなにか有意義なことを考えたり、困惑させられ頭が働かなくなるような邪魔な疑惑、不信の霧ともいうべき息詰まるほどの不安を捨て去ることができるだろう。

ブロートンは八時十分に帰っていった。センター・ストリートの小柄な刑事はずいぶん前に姿を消していた。シルヴィアとネヴィルもすでに帰っていた。ブロートンが部屋から出てドアが閉まったとき、ダフネはナンが居間の暖炉前の小さなテーブルで、山積みの封筒に一人で取り組んでいるのに気がついた。父の姿はどこにも見あたらない。

ダフネは言った。「わたし、どうしようもなく疲れたので夕食は要らない。軽食を部屋に運んでもらって寝ることにするわ」

ナンはやりかけの仕事から目を上げずにぼんやりと言った。「それはとてもいい考えね。もう少ししたらわたくしもそうするわ。ぐっすり眠れるといいわね」

二階の自分の部屋に戻ったダフネはスタンド類のほか天井の照明も点けると、そんな自分に苦笑しながらもなんだか背筋に寒気を感じて、大きな扇風機《ファン》付きベッドのふっくらした裾の下、バラと白のタイル張りのお風呂のなか、さらに二つの巨大クローゼットのなかものぞいてだれもいないことを確かめた。それから呼び鈴を鳴らして軽食を頼み、やがて冷たいチキンとサラダを食べ、熱いコーヒーをゆっくりと飲んだ。そしてフーパーがそのトレイを下げてくれると、ダフネはささやかな準備を開始した。

カバンは荷物になるから持つべきではない。服なんかニューヨークで買えばいいのだ。熱くていい香りのするお風呂に入って、着替えをするのに一時間かかった。ダフネは焦げ茶のウールワンピースを着ると、踵の低い茶のウォーキングシューズを履き、茶色の帽子、茶色のハンドバッグと手袋を並べた。

十時過ぎにアンドリューから電話があった。彼の電話の短さはダフネを落胆させ、気持ちをくじけさせたが、用心の上にも用心しなくてはならないのだと思い至った。ダフネの部屋にあるのは内線電話であり、父かナンか使用人が——ことによると警察も——盗聴しているかもしれない。

アンドリューが言ったのはこれだけだった。「手紙を受け取り、内容に目を通した。必ず——会いに行く」

そのあと、ダフネは闇のなかでしばらく前方の窓辺に腰掛けていた。一人の警察官が屋敷の前をパトロールしている。のんびりとしたパトロールで、その警察官はちょくちょくテラスの階段に座っては煙草を吸っていた。

時刻は十一時で、やがて十一時半になった。コンパクトと口紅とハンカチを茶色のハンドバッグに入れると、ダフネはお金を持っていないことに気がついた。彼女の所持金——十八ドルか二十ドルくらい——は一階ホールのクローゼットのなかの別のお財布に入っている。

時間はまだ早く、峡谷へ歩いて行くのには十分もかからないが、早く屋敷から出たくてたまらなかった。とりあえず下の階に行ってみよう。そうすれば目的の実行に近づく。

ダフネは上着を羽織り、帽子、ハンドバッグ、手袋を持って部屋のドアを開けた。二階の廊下はがらんとしていて薄暗かった。ナンや父は就寝中らしい。階段上に一つ、階段下にもう一つシェードランプが点いている。ダフネは軽やかに階段を下りてゆき、もう少しで一階に着くというところで話し声が聞こえてきた。階段の先のホールの奥で、父がフーパーと話している

フーパーは言っていた。「サンドイッチはよろしいのですか、ブレヴァンさま」

父は答えた。「なにも要らないよ、フーパー。コーヒーだけ頼む。トレイに乗せて自分で持っていくよ。片付けなければならない仕事があるんだ。たぶんかなり遅くまでかかるだろう——先に寝てしまっていいから」

ダフネはその場に凍りついた。こんな時間に上着を着て、帽子と手袋を持っているところを見つかったらおしまいだ。だが、すでに退路は断たれている。姿を見られずに踊り場に行くことはできない。居間や食堂室に逃れることも不可能だ。どちらも遠すぎる。

また声が聞こえてきた。

「かしこまりました。ありがとうございます。おやすみなさい」

「おやすみ、フーパー」

祖父の書斎のドアがすぐ先の左手にあった。ダフネは昨夜の恐ろしい出来事のあと書斎には足を踏

み入れていなかったが、手を伸ばしてドアを開けるとそっとなかに入って静かに閉めた。足音と陶磁器がトレイの上でカチャカチャいう音がして……父が書斎に入ってきた。

大きな机の上の灯りが点いており、それ以外は薄闇に包まれていた。ダフネは必死であたりを見まわした。長くずっしりとしたベルベットカーテンが東側の窓一面を覆っている。ローズがセイヤー先生と電話していた時にダフネを隠してくれたカーテンだ。ダフネが一番近くのカーテンの陰に隠れたと同時にドアが開き、父が入ってきた。

体の震えが止まると、ダフネはカーテンのひだをほんの少し開いた。父は机で書きものをしており、ドアのほうを向いて座っている。父に見られることなくこの部屋から出ることはできない。どうしたらいいだろう。

動きのとれない焦りに苛まれながら立ち尽くしていたその永遠のような四、五分を終わらせてくれたのは、けたたましい電話のベルだった。父が電話に出た。父は「はい？」それから「ああ……」それからまた「ああ、大丈夫……じゃあそこで」と言って電話を切った。

紙のかさかさいう音がして、机の引き出しが開閉された。三十秒後、部屋は空っぽになった。

ダフネはぎくしゃくと部屋のなかに出ていった。父の声がまだ耳の奥に残っている。「ああ、大丈夫……じゃあそこで」父はどこかに行くのだ。ダフネは机の傍らに立って見下ろした。さっき机の引き出しの開閉音がしていた。以前、祖父は机に拳銃を保管していた。ダフネは、ある日それを見せて祖父が大声で笑っていたのを思い出した。「銃を持つならな、ダフネ、必ず弾丸を込めておくんだ。弾丸の入っている銃だけがいざというときに役に立つんだから」

ダフネはゆっくりと机の前にまわりこみ、幅広の引き出しを引いてなかを見下ろした。拳銃はなかった。紙の束が入っている、それだけだ。その手書き文字は父のもので、インクはまだ乾ききっていなかった。父はこう書いていた。

誓って言うが、彼女を殺すつもりはまったくなかった。すべては一瞬の出来事でわたしには考えるいとまもなく……

異様な角度で床が迫ってきたと思うと、それに応じるように梁のある天井が下がってきた。双方からの圧力は耐えがたかった。ダフネはその圧力に押されるように混乱状態でふらついたが、それを振り払おうとし——なんとか成功した。頭が働くようになり、ダフネは事実を整理した。父はだれかに会いに行った。ダフネはその晩、少し前にかかってきたアンドリューからの電話、いま読んだばかりの恐ろしいことば、ローズの死、祖父の死のことを考えた。そしてアンドリューが自分と会うために森に一人きりで、丸腰で、警告も受けずに、まるっきり無防備な状況でやってくる……。

だが自分の考えは間違っているかもしれない。その迷いが、昨夜、屋敷中を起こしたようにみなを起こすことをためらわせ、ダフネはホール、食料貯蔵室、食器洗い場を飛ぶように走り抜け、裏口から抜け出していた。

屋敷から百ヤード（約九一・四メートル）ほど行くと、ダフネはニレの木立ちの下でじっと立ち止まって聞き耳を立てた。父の姿はどこにも見あたらない。父より先に峡谷にたどり着かなければ。アンドリューへの手紙には十二時半と書いたが、まだ十二時前だ。だがアンドリューは早めに行っているかもしれないし、もう着いているかもしれない。

峡谷への小道は右のほうへ続いており、馬小屋を通り過ぎ、鴨の池を迂回し、マツ林のなかをゆったりと蛇行している。だが、峡谷への行きかたはほかにもある。しかも、はるかに近道だ。牧草地をまっすぐ突っ切って、崖のふもとまで行くのである。ただしここらの牧草は伸び放題で、湿地状になっている所もある。だがそんなことは問題ではない。それでも近道をするべきだ。ポケットには懐中電灯も入っている。ダフネは駆けだした。

芝生、温室、家庭菜園、高台にある耕作したての牧草地、石垣。ダフネは石垣をよじ登り、コケモモの茂みやセイヨウミザクラ、杉の若木などからなる荒れ地に分け入った。太枝が顔を打ち、服を裂いた。それでもダフネは前へ前へと進んだ。比較的、開けた一帯、あいだに湿地を挟んだこんもりとした草の茂み、小川の音。その音が次第に大きくなる。ダフネは膝まである水にざぶざぶと入っていき、小石だらけの川を渡って向こう岸に上がった。

いまダフネの目の前には崖がそびえていた。その高い塔のような絶壁は暗く左右に伸びていて、広大でごつごつとした岩壁は天にも届きそうだ。まわり道をしている暇はない。ダフネは登りはじめた。昼間ならそこまで危険な行為ではなかっただろう。だが（昔から高い所が苦手な）ダフネにとって、それは耐えがたいほどの体力気力を要する悪夢だった。足元から丸石が転がり落ち、尖った岩棚は体を支えられないほど狭い。必死でつかんでいるサッサフラス（クスノキ科サッサフラス属の樹木の総称）の塊を手放しそうになりながら、ダフネはその険しく終わりのない崖を登ろうと全力を尽くした。

気づくと上に着いていた。浸食され削られた小さな斜めの溝に。髪と頬に風を受けながら、背後の崖の高さを思い浮かべて思わず身震いした。ダフネははずみをつけて崖の上によじ登ると、滑らかな芝の上に手足を伸ばしてうつ伏せになった。

やがてもつれる足で立ち上がると、早鐘のような鼓動を感じながらあたりを見まわした。草で覆われたなだらかな起伏のある長さ百フィート（約三〇メートル）幅五十フィートの台地にはだれもいなかった。雲の陰から月が照らしている。黒玄武岩の壁のような圧迫感のある木立ちに囲まれた水銀に似たその岩床上を動くものはなかった。若葉を揺らすかすかなそよ風と月明かりが陽気な庭園家具、片隅の巨大な石造りの暖炉、そのわきの長テーブルを不気味に照らしていた。あたりに人影はない。

そのとき、その暖炉の陰でなにかが動いた。薄暗がりのなかの影の一つが……恐ろしさに心臓が跳ね上がったのと同時に、どこかで小枝がパキッという鋭い音をたてた。ダフネは思わず天を仰いで口を開け、甲高いつんざくような悲鳴を上げると、それはこの隔絶された場所の静寂を破壊しながら反響した。

ダフネにとって、その悲鳴は実体のないただの無力な糸だった。だがトッドハンターにとって、それは驚きであり安心材料となった。トッドハンターは五分ほど前からこのあたりにいたのだが、追っていた獲物を木々のあいだに見失ってしまっていた。ダフネは立って獲物の行方を探してあちこち見まわしているトッドハンターから、少し離れた所にいた。トッドハンターはやぶのなかを、彼女のほうへ突進した。

トッドハンターがその空間へ姿を現したとき、目にしたのはセイヤーの家から失踪したアンドリュー・ストームではなかった。トッドハンターはストームを追っているつもりでいたのだが、十フィート（約三メートル）ほどの距離をあけて娘と向き合っていたのはヒラリー・ブレヴァンだったのである。

第二十三章

　十分後、その三人は全員、屋敷に戻った。トッドハンターは五回以上、電話を使い、警察官たちがすでにストームの捜索に向かっていた。ストームがグリーンデールのセイヤー宅から消えたことがわかり、トッドハンターは腹を立てながらクリフトップまで車を走らせてきていたのだ。セイヤーの自宅を見張っていた警察官はトッドハンターになにも教えることができず、セイヤー自身は深夜の呼び出しを受けて外出中で、ギルブレスは就寝中だったので、クリフトップがもっとも有望に思われたのである。トッドハンターはクリフトップに到着後、屋敷裏手の森に足早に入っていったブレヴァンをアンドリューだと思いこんだ。トッドハンターは十一時にマッキー警視と話をしていた。トッドハンターはヒラリー・ブレヴァンについて知るべきすべて、あるいはほとんどすべてを知っていたが、まだ訊かなければならないことがあった。トッドハンターは居間に入った。

　ダフネはトッドハンターが入ってくると、無表情で顔を上げた。ダフネはこれまで一度も五感を完全に喪失したことはなく、峡谷から屋敷に戻るまでの一歩一歩も、そのあいだの沈黙も、屋敷に入ったことも、怯えたような瞳の白い大理石の彫像のようなナンに暖炉へと導かれ、座らせられたこともすべてわかっていた。ナンと父が互いを見つめる様子も、シルヴィアが入ってきて声を上げて泣いていることもわかっていた。だがアンドリューはどこだろう？

新たに燃え上がった炎が轟音を立てて煙突を上る。暖炉の両側に置かれた大きな緑色の陶製の猫たちは陰になっている。不規則な光がその猫たちの宝石の瞳で揺れていた。猫たちは部屋とそこにいる全員を見つめているようだ。ダフネは無感動かつ無関心に、一人一人の顔を見た。

炉棚の前で赤々とした炎を背にしたトッドハンターがすでに知っている事柄、ローズと祖父のことや二人がどのように死んだかについて延々と話し続けている。しかしながら彼はいきなり本物の帽子から本物のウサギ、ではなく紙の束を引っ張り出した。ダフネが拳銃を探していたときに祖父の書斎の引き出しに入っていた原稿の束だ。

トッドハンターはそれを振りながら穏やかに言った。「これはあなたが明日、我々に見せるつもりだったものの一部ですね、ブレヴァンさん?」ダフネの父が「そうです」と言うと、トッドハンターは話を続けた。

すぐにはピンとこなかったが、要するにこういうことだった。ダフネの父はパリ在住だったずっと昔、世界中が熱狂した休戦記念日の夜にコンコルド広場で美しいフランス娘と出会いロワイヤル通りにあるカフェに食事に連れていったが、その娘の恋人にあとをつけられていた。続いて起こった喧嘩で、その娘は親切だが出会ったばかりの男と恋人のあいだに割って入り、ヒラリーはその娘を刺してしまった。

そのときフランスで兵隊たちへの慰問活動をしていたスタージス嬢は、その夜たまたまそのカフェにいた。そしてブレヴァン氏をカフェから逃がし、フランスの警察から逃げるのを手伝った。スタージス嬢はブレヴァン氏を自らの慰問団の一員としてこっそり国外脱出させ、自家用ヨットでニューヨークへと連れ帰ったのである。居間は静まり返った。

トッドハンターはそれからの年月を一、二言で片付けた。まるで見えない聴衆を前にしているかのように。曰く、スタージス嬢はブレヴァン氏の友人であり続け、やがてグリーンデールに落ち着く。それからしばらくして、ブレヴァン氏は再婚する。そのときトッドハンターは初めてダフネの父に向かって直接、話しかけた。「何者かがあなたを脅迫しはじめた、ブレヴァンさん。そうですね？」

ダフネの父はどさっと崩れるようにソファの隅に座り、両手を組み合わせてだらりと膝のあいだに下げていた。そして無言でうなずいた。

トッドハンターはよりきびきびとした態度になった。「ブレヴァンさん、あなたが受け取った手紙、つまりノースロップ嬢が死んだ日の午後にホールに置いてあった手紙もその類だったんですか？」

ダフネの父は言った。「そうです」

トッドハンターは片手をポケットに入れた。そして一通の角ばったグレーの封筒を取り出すと、それを掲げた。トッドハンターは言った。「あなたが受け取ったのはこのようなタイプの封筒ですか、ブレヴァンさん」ダフネの父はまたうなずいた。

ドアが開き、警察官一名が入ってきた。そのあとにセイヤーが続いた。トッドハンターはその警察官を出迎えた。セイヤーに小声で質問され、トッドハンター刑事は首を横に振った。アンドリュー・ストームの居所は知らないし、現時点では関心もない。ストームはそう遠くまで行けるはずはないからだ。カメラマンのエヴァンスがホールで待っていると知らされ、トッドハンターは急いで出て行った。

シルヴィアとナンと父は微動だにせず暖炉の火を見つめており、ドアのそばにいる警察官も無駄口をたたかなかった。それ以上、耐えられなくなったダフネはさっと立ち上がると窓際に歩いていき、闇のなかをのぞきこんだ。体が冷えて感覚がなく、頭も正常に働かなくなっている。セイヤーが隣に来て、ほかの者たちには聞こえないように言った。「アンドリューのことは心配しなくていい。彼なら大丈夫だ。わたしがこれから探しに行くよ。彼からなにか連絡は？」

ダフネはアンドリューと峡谷で十二時半に待ち合わせしていたことをセイヤーに話した。セイヤーは腕時計を見た。信じられないことに、まだ一時をほんの数分過ぎただけだった。

「それだ」セイヤーが安心させるように言った。「それだよ。彼はあそこの森を知らない。おそらく、騒ぎを起こさずにきみを見つけようとぐるぐる歩きまわっているんだ。車で来ているから、わたしがちょっと行って見てこよう――」

ダフネは囁き声とほとんど変わらない小声ながら鋭い調子でセイヤーのことばを遮った。「わたしも連れていって」

セイヤーはダフネのことばを聞いていないようだった。セイヤーは考えこむようにつぶやいた。「わたしはむしろネヴィル・ワッツくんの居所が気になるな。そうとも、ぜひとも知りたいものだ……」

ダフネはセイヤーの腕に手をかけ、彼の腕をゆすって、必死にさっきの頼みを繰り返した。

セイヤーは怪訝な顔でダフネを、その小さな青白い顔を、傷だらけの両手を、割れた爪を見下ろした。「きみは外の空気を吸ったほうがいいかもしれないな」

ダフネはちらりと後ろを見た。警察官は部屋の端でこちらに背を向けてロックウェル・ケント作品の一枚を真剣に見ており、ナンと父とシルヴィアは暖炉のそばで、彫像のようにトッドハンターの帰りを待っている。すばやい身のこなしでダフネは長いフランス窓の取っ手を引き、外へ出た。一瞬ののち、セイヤーもそれに続いた。

室内の沈黙は続いていた。言うべきことがあまりに多すぎて、それらを順序だてて整理しておかねばならなかったからだ……。

部屋の外のホールでは、トッドハンターが階段下の電話ブースでシュルツ嬢の誕生祝いの写真を手に、マンハッタン殺人捜査課に電話をかけていた。

マッキー警視が電話に出た。トッドハンターは言った。「ブレヴァンをゆすっていたのはネヴィル・ワッツです。少し前にワッツの家で、彼が使っていたレターセットの一部を押収しました。警視が知りたがっていた件――ブレヴァン夫妻とスタージス嬢とワッツがそれぞれ何時に狩猟クラブに到着したかですが」――トッドハンターはシュルツ嬢の前のだれもいないテーブルをじっと見つめた――「あてが外れました。てんで駄目です。なんと全員が遅刻していたんです。ローズ・ノースロップが殺された夜、八時十分過ぎまでだれも着席していませんでした」

満足げなかすかな唸り声が電話の向こう側から聞こえたと思うと、マッキーは静かにこう言った。

『多くの者は失敗し、一人は成功する』。その晩、一人だけ間に合った人物がいるんだよ、トッドハンター。一人だけな。医師のリチャード・セイヤーを捕まえろ、やつの身柄を抑えるんだ。逃がしてはならん。わたしもすぐに行く」

トッドハンターが居間に戻ってみると、セイヤーはいなくなっていた。そしてだれも彼が出ていくのを見ていなかった。

第二十四章

ダフネはセイヤーの車の助手席で身を縮めていた。その大きな黒のセダンはなめらかな運転で丘を高速で下っていく。ヘッドライトが急勾配の車道に光の道を作りながら門柱を通過し、左へ曲がった。屋敷は二人の背後に取り残された。そこにはダフネの父、ナン、シルヴィアがいて、周囲には警察官たちによる警戒線がめぐらされていたが、セイヤーはそれを難なく突破した。座席で身を低くしているようにダフネに指示し、テラスの階段のところにいる男に気軽な調子で挨拶をして、それからずっと黙りこくっている。

ダフネは最初、セイヤーの沈黙を気にとめていなかった。だがちらりと彼に目をやったとき、なぜか体に寒気が走った。計器盤の灯りか、さもなくば影のいたずらか、突如、彼がまったく違って見えたのだ。はるか向こう側の闇に浮かび上がった横顔は、もはや青白くも、優しげでも、よそよそしくも、無関心そうでもなかった。ダフネは初めて彼の鷹のような大胆さ、その横顔の強さと頑なさに気圧されていた。両手でハンドルを握り、ワイパー越しにまっすぐに前を見つめるセイヤーはダフネのことなど忘れて、暗いもの思いに耽っているように見える。彼はかすかに微笑んでいた。

ダフネはとっさに両手の指先をぎゅっと組み合わせた。セイヤーに車を止めてと頼み、車から降りたいという馬鹿げた衝動を覚えていた——そんなこと頼めるはずもないのに。ダフネは彼に話しかけた。静かにこう呼びかけたのだ。「リチャード」彼は返事をしなかった。ダフネの不安は増した。座席でわずかに向きを変え、彼のほうに片手を伸ばすと、その手になにかが触れた――なにか固くて、大きいものが彼の上着のポケットに入っている。ダフネはその場に凍りついた。いまや全身が冷たくなっており、ぎゅっと食いしばっていなかったら歯の根が合わなくなりそうだった。

ダフネは実際に見なくても、それがなんであるか直感的にわかった。そしてすべてを悟り、さっき感じた不安とは無関係な恐怖に震えあがった。思わず叫び声を上げ「リチャード」と囁いた。だがそれは自分の声ではないかのようだった。

すると彼はようやくこちらを向き、ダフネを見つめた。恐ろしいことにその瞳には、ほかのおぞましいものとは別に、憐れみが浮かんでいた。彼はダフネからまた目を反らすと話しだし、まるで天気の話でもするかのように静かにこう告げた。「そうさ、わたしがやった。わたしがローズを殺したんだ。あの出しゃばり女。あの女、ずっと前に疑いを抱いたんだ……だがこれということがなければこっちも一歩踏み出すことはなかった。それが――放っておけなくなったのだ。だってほら、ギルブレスが興味津々になってしまったからな。もしわたしがギルブレスを遠ざけたりしたら――それこそ、なにかあると察するだろうし、いかにも怪しいだろう。とはいえローズが黙っているはずはない。だからあの女は消さなければならなかった。ルーファスに死んでもらい我々が金持ちになるために、きみとわたしが金持ちになり、美味いものを食べ、いい服を着て、世界中を旅するためにね。きみは最終的にわたしと結婚していたはずだ、ストームさえ戻ってこなければ。きみに頼りされていることはわかっていた。ほかにはだれもいなかった。きみは――わたしと結婚していただろう――ストームさえ戻ってこなければ……」

ダフネは声を出そうとしたができなかった。全身が氷になったようだった。体のどこかで心臓が動くのをやめていた。落ち着きはらって隣に座り、軽々とハンドルを操作しているこの男が金切り声を上げたり、怒鳴ったり、狂ったように大声で笑ったりしていたら、ダフネはこれほど絶望していなかっただろう。しかし、セイヤーは狂ってなどいなかった。充分に正気なのだ。ダフネはかすかな驚きとともに、セイヤーのことばに一抹の真実が含まれていることに気づいた。

ストームさえ戻ってこなければ、ですって……アンドリューはいまどこに？　アンドリューはどこ、どこなの？

闇が二人を通り過ぎてゆく。家はない。車はいつのまにか町から離れ、ほとんど人の来ない山の上に続く狭い田舎道を上っている。日中でさえ、轍のあいだに草が生えているような所だ。

ダフネは冷たく囁いた。「アンドリューになにをしたの？」

彼はどうでもいいことのように言った。「これから見せる。すぐに」

「わたしのことはどうするつもり？」

彼はすぐには返事をしなかった。ただ道の前方を見つめ、ハンドルのほうに少し前屈みになっている。すばやくやれば彼のポケットから拳銃を奪えるだろうか。それをつかむことができたら、開いている窓から彼の手の届かない所に投げ捨てられるかもしれない。そうすれば少なくとも多少の時間は稼げる。いまごろ自分がいなくなったことに気づいた警察官たちが行方を探しているはずだ……自分がやろうとしていることを、この男に悟られてはいけない。

ダフネは言った。「今夜、父に電話してきたのはあなただったの？　そして父に、わたしがアンドリューに会いに行こうとしていると言ったの？」

セイヤーは言った。「まったく違う。あなたを脅迫している男の情報を手に入れたようだと言ったんだ――そうとも、そのことはずいぶん前から知っていた。きみの父親はわたしから金を借りようとしたことがあったんだ――だから十二時にあの峡谷で会おうと伝えた。絶好のチャンスだったからな。あれはわたしが待ち望んでいたチャンスだった」

「チャンス？」ダフネの口はからからに乾いていた。

セイヤーは言った。「そうだ。ローズとルーファスの殺人犯をでっちあげ、同時にアンドリューを消すチャンスさ。わたしはきみの父親と会い、ルーファスの机から取ってきた拳銃を脇腹に突きつけて引き金を引くつもりだった。それからアンドリューを車で峡谷まで連れていき、車内に座らせておいて、きみを連れてくるからそこを動かないようにと言ったんだ。予定では、きみの父親を始末してすぐに、あの空き地の端まで連れていって今度は彼を始末するつもりだった――それには銃を使うのが簡単で手っ取り早い――そして二人いっしょにその場に残しておけば、殺人者とその被害者の出来上がりだ。

「きみが現場に到着したとき、目にするのは二人の死体のはずだった。だがあいにく、きみの到着が早すぎた。あの刑事は論理的思考の持ち主だ。あれは本当によくできた計画だったんだがね。ルーファスを殺した毒は、きみの父親の所持品から発見される。そこから導き出される仮説はこのようなものになる。数々の悪行を重ねてきたヒラリーは、財産もろともきみと駆け落ちしようとしているアンドリューの不意を突いた――そしてその財産は彼がこれまで大変な苦労をして守ってきたものなんだ」

セイヤーはゆっくりと岩の上に落ちる水滴のような正確さで一語一句を発した。ダフネはまっすぐ前を見たまま座っていた。セイヤーは片足をアクセルから離し、ブレーキへと踏みかえた。車が減速を始めた。そこはダフネにとって見知らぬ場所であり、とても荒涼とした寂しい所だった。細い道路を木々が取り巻いている。ダフネは座席上で左手をジリジリとセイヤーの上着に近づけた。

左側の木立が途切れ、灰色の石垣の切れ目、白樺の茂みの陰に別荘らしき一軒の家があった。閉め切られ、雨戸も閉まっている。車は小さな車庫のほうへゆっくりと私道を進んでいった。

セイヤーは言った。「わたしの患者のものだ。だが使うのは七月と八月だけでね。きみとわたしは今夜ここに泊まるんだよ、ダフネ……ひょっとしたら朝を迎えられないかもしれないがね。わたしのポケットから手をどけろ」

ダフネの片手が命を失ったようにぽとりと落ちた。彼女の希望が消えた。車が止まった。セイヤーはエンジンを切り、こちらを向いた。彼はダフネの肩に腕をまわすと顔を近づけてきた。耐えられないほどのおぞましさに、ダフネは相手を打ちのめしたいという衝動以外の一切を忘れた。ダフネは必死に抵抗を続けた。しゃくりあげ、頬を濡らしながら全力で。だが駄目だった。ダフネの筋肉はいうことをきかなくなり、息が詰まり、鋼のような手にがっちりと捕まえられて窒息しかけていた……ダフネの頭部は横に倒れはじめた――そのとき奇跡的に、あるものが視界に入った。

片手だ。片手だけだ。日焼けした筋肉質な手が前の座席の背面をつかんでいる。アンドリュー――それはアンドリューの手だった。ダフネはなにがあったのかをおぼろげに理解した。セイヤーはアンドリューにけがをさせたのだ。だが、ダフネの悲鳴とトッドハンターの登場のせいでアンドリューを始末する余裕はなかったのだろう。アンドリューは最初からずっとこの車の後部座席にいたのだ。

その手に気づかれないようにセイヤーの注意を逸らさなければ。ダフネは抵抗をやめ、ハンドルに体を預けると、セイヤーの目を見上げた。「リチャード」ダフネは懇願した。「大好きなリチャード、やめて。喜んであなたについて行くわ。わたし――」

そのときさっきの手が消えたと思うと、二つになって現れた。その二つの手がセイヤーの首に伸び、彼の頭が仰け反った……ダフネに関する限り、それですべてが終わった。

二時五分、その別荘に到着した最初の警察車両が、セイヤー医師の車のステップに座ってダフネを腕に抱き、意識を回復させようとしているアンドリュー・ストームと、痣を作り、殴られ、血まみれで縛られているが健康そのものの状態で近くの地面に転がされているセイヤーを発見した。そして同日朝五時過ぎにダフネはクリフトップの自分のベッドで目を覚ました。

ベッドの横にはアンドリューが座っていた。ダフネはまたうとうとと眠りについた。そして八時にまた目を覚ますと、アンドリューはまだそこにいてくれた。今度はトッドハンターも部屋にいた。その小柄な刑事はメモ帳を開き、鉛筆を出していて、アンドリューと話をしていた。

アンドリューがダフネに朝の挨拶をし、彼女の朝食が運びこまれ、ナンが入ってきて出ていき（疲労の色がにじんでいたがにこやかだった）、青ざめ、憔悴しつつも背筋をぴんと伸ばした父は娘の額に口づけをし、ナンの隣に行った。トッドハンターはメモ帳と鉛筆を邪魔にならない所に置くと、ブレヴァン夫妻に続いて部屋から出ようとした。だがダフネがトッドハンターを呼び止めた。

すでに過去となった恐怖の夜のせいでまだ少し青ざめていたものの、ダフネはいまここでそれと向き合おうと決心した。つまり、なにがあったのかを正しく知り、その出来事に終止符を打つのだ。ダフネは質問を始めた。医師の名前を口にするのは耐えがたかったけれど。「セイヤーは？」

トッドハンターはにっこり笑った。「豚箱に入れられてますよ、お嬢さん。自白したも同然ですからね。それに、あなたはいろいろと聞いたことでしょう」

ダフネはうなずいた。ダフネの両手を握りしめていたアンドリューの手に力がこもった。ダフネは言った。「わたしなら大丈夫よ、アンドリュー。心配しないで。わたしには知らなければならないことがあるの」

完全に理解するまでに何日も、何週間も要するような仔細も多かったが、トッドハンターはダフネに要点を教えてくれた。セイヤーのダフネに対する執着にはできるだけさらりと触れた。それは四六時中、顔を合わせるダフネの若さ、セイヤー自身の加齢、心をかきたてられるような気やすい二人の関係、二人の生活環境の対比などによって強くなっていったのだ。

トッドハンターは言った。「お嬢さん、あの医師は間違いなくずっと前からあなたを想っていたのです。ところがそんなときにストーム氏が現れた——つまり、セイヤーはある意味、崖っぷちでした。正直、ワッツ氏のことはまるで気にしていなかったそうです。彼はワッツ氏より有利な立場であり、ワッツ氏が——あなたのお父さまをゆすっていることを知っていました。そして、あなたのおじいさまがコルビー一族、すなわちコルビー家全員を毛嫌いしていることがさしあたって彼の目的にかなっていた。しかし、セイヤーは余りにも狡猾でした。それがあの手の頭のいい連中の困ったところなんです。頭がいいだけならいいのですが、頭が良すぎるんですね。セイヤーは先の十一月にあなたのおじいさまが交通事故を起こすよう仕組んだがその企みは失敗した。そしてストーム氏は姿を消した。セイヤーは再度、挑戦しようとはしませんでしたが、彼の狙いがなんであったかは疑いようがありません。そうこうするうちに三日前、ストーム氏がグリーンデールに現れました。

「こうなると、セイヤーは進退窮まります。彼にはなにか手を打つ必要があった。彼にはわかっていました。あなたたち二人が」――トッドハンターはにっこりした――「結ばれるということ、そしてそうなったら――自分が狙っていた大金は手に入らない。だから彼はすぐに対処しなくてはならなかった。ナイト氏に遺言状を書き換えられてしまう前にね。セイヤーは馬一頭でも殺せる量のヒ素をおじいさまの強壮薬に入れました。ノースロップ嬢を殺す前日に、ナイト氏の肩を診察したときにね。しかしノースロップ嬢がそれに気づいた……あとのことはもうご存知でしょう。ご存知ないことと言えば――ストームさん、彼女にもう話しましたか？」

アンドリューは首を横に振った。トッドハンターは言った。「これが今回の件の一番、面白い部分なんですがね、ブレヴァン嬢。あなたのお父さまがパリで殺してしまったと思いこみ、死んだものとして運ばれていった娘は、実際は死んでなどいなかったのです。彼女は回復しました。ちなみにワッツ氏はそのことを知らなかった。当時十四歳の少年だったワッツ氏はあなたのお父さまと同じ船で帰ってきましたが、お父さまがどこのだれであるかを知ったのは、義理のお母さまと再婚してからでした。これで全貌がおわかりいただけるかと」

「いいえ」ダフネは言った。「あなたはどう、アンドリュー？」

アンドリューはにやりと笑い、ぎこちなく頭皮に指をやった。「セイヤーが準備万端で計画を実行に移そうとしていたとき、きみが悲鳴を上げてその計画を台無しにしてくれた。セイヤーは急いで車に駆け戻ってきた。慌てているようには見えなかったけどね。きみがぼく宛てに書いてくれた手紙はトッドハンターが持っている。セイヤーは蒸気を使ってその封筒を開封すると、待ち合わせの時間を早めた。十二時半だったのを十二時にしたんだ。セイヤーはぼくを車で現地まで連れていき、きみを迎えにいった。だれかが近くにいるのを警戒してね。そしてセイヤーが一人きりで戻ってきたとき――ぼくはきみの悲鳴の反響のようなものを聞いた。木々がそれを吸収し弱めてしまっていたんだ――あいつからきみは無事だが、警察がいるので車のなかにいるようにと言われ、ぼくはそうした。というか、そうしようとした。そのときぼくが愛読している新聞のことばを借りるなら――すべてが闇に包まれたんだ」

ダフネは枕に頭を預けた。あらゆることが心に浮かぶ。シルヴィアに嫉妬するナン、父の秘密を知るシルヴィア、父は人に知られぬようにたびたびシルヴィアに相談をしていた、その態度をナンは誤解していたのだ。そして卑劣なネヴィル――さすがにそれは理解できた。しかしセイヤー……彼はわたしを愛していたのか。だがそれでも……。

アンドリューはダフネの両手の甲を自分の額に押し当てた。アンドリューはダフネが長いまつ毛を濡らしているのを見て、ほとんど吐き捨てるようにこう言った。「あんな医師のことで泣くんじゃない、ダフネ……」

トッドハンターが咳払いをした。「差し出がましくて大変申し訳ないのですが――ダフネ嬢だけが動機ではなかったのです――あなたに付帯する財産のために、セイヤー医師はノースロップ嬢とナイト氏を殺したのです」トッドハンターはそこでことばを区切ると『ハムレット』からの引用をつぶやいた。「金のためにくたばりやがれ、とね」そして静かに部屋から出ていった。

訳者あとがき

『もしも知ってさえいたら派（Had-I-But-Know school）』をご存知だろうか。

「もしも知ってさえいたら～たのに」と一人称の語り手に自分の行動を嘆かせることで、読者に迫りくる災難を予感させサスペンスを高める手法で知られている一派で、『螺旋階段』のメアリー・ロバーツ・ラインハートが創始者と考えられており、ほかに代表的作家として『暗い階段』のミニョン・G・エバハートがいる。これらラインハートやエバハートの筆力や人気の高さは『娯楽としての殺人』（国書刊行会）のなかであの辛口のハワード・ヘイクラフトさえ認めているが、この一派自体はロマンティックな型の非探偵小説、通俗的サスペンスとしてミステリファンからは無視されがちである。

しかし、本書の底本である老舗ダブルデイ社のクライムクラブブック版序文は、むしろ誇らしげに高らかにこう宣言している。【緊迫した雰囲気、激しい葛藤、そして主人公に降りかかる大きな危機は、本作をエバハートやラインハートの系譜に連なるものに位置づける】と。確かに人が読書体験に求めるものはさまざまであり、このような本を手に取る人たちが等しく本格ミステリ至上主義というわけではないのだ。ロマンチックなサスペンス小説には大きな需要があったのだし、現在もまたしかりだろう。二重殺人を軸に遺産相続や遺言状にまつわるもめごと、引き裂かれた恋人たち、富裕層ならではの生活様式が丁寧にドラマチックに描かれ、往年のハリウッド映画のような、大衆を魅了する非日常と手に汗握る緊張感が味わえる『もしも知ってさえいたら派』の世界観をお楽しみいただければ幸いである。

ところで、本書『欲得ずくの殺人』(原書 Dead for a Ducat はアメリカ一九三九年刊)を手にとってくださるようなクラシックミステリの読者であっても、ヘレン・ライリーをご存知のかたは少ないかもしれない。これまで日本の雑誌に翻訳掲載されたことはあるものの、単行本として翻訳出版されるのは本邦初だからだ。原書が世に出た一九三九年はドイツがポーランドに侵攻して第二次世界大戦が勃発した年であり、二〇二四年現在じつに八十五年もの歳月が流れている。いまそれを日本で出版できるめぐり合わせに感謝したい。

というわけで作者について簡単に紹介すると、ヘレン・ライリーはアメリカのミステリ作家で一八九一年にニューヨーク市で生まれ、一九六二年に七十歳で亡くなっている(代表的な同時代作家に一八九〇年生まれのアガサ・クリスティーがいる)。多作家であり、本名ヘレン・ライリー以外にキーラン・アビーという別名でもミステリを発表した。代表作であるマンハッタン殺人捜査課クリストファー・マッキー警視シリーズは三十一作もあって、本書もそれに含まれる。もっとも、本書でのマッキー警視はやや影がうすく、探偵役をつとめるのはマッキー警視の部下トッドハンター刑事である。

なお、オリジナルタイトルの Dead for a Ducat というのはシェイクスピアの『ハムレット』第三幕第四場でハムレットがポローニアスを刺し殺す際のセリフからの引用であり、本書以外にも何度かミステリのタイトルに使われている。たとえば、二〇一四年に日本で翻訳出版されたレオ・ブルース『ミンコット荘に死す』（扶桑社ミステリー）の原題もDead for a Ducat（イギリス一九五六年出版）だ。『ハムレット』の悲劇性が連想され、頭韻を踏んで語呂がよいので、ミステリ作家とかミステリ読者に刺さる短句ということだろう。ちなみにDucatというのは昔ヨーロッパで使用されていたダカット金貨で俗語でドルを意味する場合もあり、要するにお金のことだ。ハムレットの当該のセリフ〝Dead for a Ducat〟自体はいくつかの解釈があるようだが、手元の資料を確認すると、単に「くたばりやがれ」（角川文庫・河合祥一郎訳）とか「くたばれ」（河出書房・福田恆存訳）と訳されている。ただし、字面どおりに訳すなら「金のために死ね」とか「金のために死す」となるだろう。

さて、本書のヒロインであるダフネは大富豪の繊維王を祖父に持つ、まだ二十歳の可憐な令嬢だ。日本人でもダフネという名前にはなんとなくたおやかで上品なイメージを持たれるのではないかと思うが、ダフネとはギリシャ神話に出てくる、アポロンに求愛されるがこれを嫌って逃げ、助けを求めた父に月桂樹に変えられる美貌のニンフの名前であり、望まぬ相手から求愛されて逃げるいたいけな乙女の姿が想起される。いざという場面では気絶してしまう無力な令嬢ではあるが、はっきりと自分の意思はあり、家族の意向に逆らってでも行動を起こそうとするところに好感が持てる。

ちなみに、作中でルーファス・ナイトの顧問弁護士であるグラウトが「グラウト判事」と呼称される場面がある。ん？　弁護士？　判事？　と不思議に思われるかもしれないが、そもそもアメリカの司法制度において判事はそのほとんどが弁護士でもあり、どこの裁判所に所属しているか、その裁判所の規定がどうなっているかによって異なるものの、判事をしながら弁護士業務（法律事務所）を維持するのは珍しくないという。

最後に、原文で三カ所、時間に関する矛盾が生じていたため（本書七頁十八行、同四十三頁六行、同六十二頁十四行）訳文では正しい時間表記に訂正したことをお断りさせていただく。

甦るＨＩＢＫ派

絵夢　恵（幻ミステリ研究家）

1　はじめに

論創社から初めて翻訳が出版されるヘレン・ライリーは、一九三〇年～六二年にかけて、別名も併せて三八作ものミステリを書いた女流作家で、そのうち三一作にマッキー警視が登場します。この時代の米女流作家は、その多くがいわゆるＨＩＢＫ《もしも知ってさえいたら》派であるところ、〈論創海外ミステリ〉では、メアリ・ロバーツ・ラインハートやミニオン・Ｇ・エバーハートといったこの筋の大御所の再紹介に力を入れてきたわけですが、彼女らに匹敵する、息の長いＨＩＢＫ派作家と言えば、まず最初にこのライリーが挙げられるでしょう。

この時代のアメリカを代表するミステリ叢書といえば、Doubleday社のCrime Clubということになりますが、この叢書は、特にＨＩＢＫ派作家を多く登用しており（それだけ需要があったということなのでしょうが、トリックの創意工夫なしに大量生産できることもその理由の一つでしょう）、ライリーもこの叢書でデビューしました。その後、一九四〇年初頭に、これまた大手のRandom House社に移籍する運びとなった辺りは、エバーハートとほぼ同じ軌跡をたどっています。なお、この時

右は英版（Heinemann）、左は米版（Doubleday）の書影。いずれも 1939 年刊行

代の他のＨＩＢＫ派の有力作家と言えば、〈論創海外ミステリ〉から「ドアをあける女」が刊行されているメイベル・シーリー（過去に代表作の「耳をすます家」の翻訳もあります）や未邦訳ながらFootprints などの諸作で乱歩の時代から紹介されているケイ・ストラハンがいますが、彼女らもDoubleday 社のCrime Club から本を出していました。今、再び彼女らに注目が集まってきているのは、人間の無知や浅薄さを前提にして、神の手によるかのように予定調和的にストーリーが進んでいくお約束事が意外と癖になる上、ハーレクイン・ロマンスやコージー・ミステリが白のイメージを与えるのに対して、こちらは黒のイメージでスリルとサスペンスを味わわせてくれており、結末の意外性と併せて、これがなかなかたまらない魅力を醸し出すからでしょうか。

２　マッキー警視シリーズについて

前述のとおり、ライリーのシリーズ・キャラクターはクリストファー・マッキー警視ということになります（ちなみに、マッキーの肩書であるInspector は、通常は刑事や警部を表す用語ですが、アメリカの警察組織は、地域性も豊かな上、複雑で、マッキーが所属するニューヨーク市警においては警視を意味するということなのだそうです。結構偉かったのですね）。このマッキー警視は、後述するとおり、実は余りストーリーに絡んでこず、作中の一部のみに部分的に顔を出すことが多くて、印象に残らないのですよね。要するに、ＨＩＢＫ派においては、捜査側の視点から物事が語られることはなく、舞台回しは、時々登場する天の声が務めてくれるわけですから（笑）、マッキーは事件解決のために必要とされる人物ではあっても、役割を果たすだけのお人形にすぎず、感情移入できる対象としては描かれていません。そもそもＨＩＢＫ派において、捜査側のシリーズ・キャラクターが設けられること自体が異例ですから、そういう意味では、本当は警視役が一人いれば、誰でもよかったのかもしれません。マッキー警視は、以下の三一作に登場します。

The Diamond Feather（1930）
Murder in the Mews（1931）
The Line-Up（1934）
McKee of Centre Street（1934）
Mr. Smith's Hat: A Case for Inspector McKee（1936）
Dead Man Control（1936）
All Concerned Notified（1939）
Dead for a Ducat（1939）
The Dead Can Tell（1940）
Death Demands an Audience（1940）
Murder in Shinbone Alley（1940）
Mourned on Sunday（1941）
Three Women in Black（1941）

Name Your Poison (1942)
The Opening Door (1944)
Murder on Angler's Island (1945)
The Silver Leopard (1946)
The Farmhouse (1947)
Staircase 4 (1949)
Murder at Arroways (1950)
Lament for the Bride (1951)
The Double Man (1952)
The Velvet Hand (1953)
Tell Her It's Murder (1954)
Compartment K: Murder Rides a Canadian Transcontinental Express (1955)
The Canvas Dagger (1956)
Ding, Dong, Bell (1958)
Not Me, Inspector (1959)
Follow Me (1960)
Certain Sleep (1961)
The Day She Died (1962)

前述のとおり、一九四〇年の*Murder in Shinbone Alley*までは、いずれもDoubleday社のCrime Club叢書から、一九四一年の*Mourned on Sunday*からはいずれもRandom House社から刊行されており、また、米国のみならず英国においてもその多くの作が刊行されています。

本作は、Doubleday社時代の最後期作ということになりますが、シリーズを基礎付ける第一作及び第二作は以下のようなものです。

◎第一作 "The Diamond Feather（1930）"

病死した親友の実家宅に招かれた主人公クラムは、ずっと疑念を抱えていた。自堕落だった親友によれば、障害を負った父は自分をかわいがってくれたが、貴婦人然とした母は勤勉な弟をかわいがっており、金を無心しても容易に用立ててくれなかった。見かねた父が家宝のDiamond Featherのブローチを隠れて渡してくれたものの、それを質屋にもっていったところ、模造品にすり替えられていたことが判明したとのこと。困窮していた親友は、失意の中で死亡したが、クラムは、なぜ父の知らないうちにすり替えが行われていたのか、母の秘密を探ろうとする。大邸宅には、弟がギリシャ人の美人妻を連れて欧州から帰国していたが、この妻は部屋に閉じこもったままの状態で、弟は、一家の顧問弁護士が後見人を務める美貌の令嬢といちゃつき続けている状況。そうした中で、クラムが問い質そうと思って持参していたDiamond Featherが部屋から盗み出され、深夜には、弟の妻が何者かに刺殺される。マッキー警視らが登場して捜査を進めるが、被害者が麻薬中毒だったことが判明した矢先、今度は、長年、母を支え続けていた女中頭が庭で絞殺される。この辺りから話は大きく曲がりくねり始めて、地元一帯を配下に収める麻薬取引団の暗躍が取り沙汰され、マッキーの依頼により邸内の内報者として捜査に加わることになったクラムは、何度も死地をさまようことになる。令嬢の秘密の恋人として邸宅付近を徘徊していた青年が誘拐されたことから、その足跡をたどって、麻薬取引団の秘密基地となっていた廃船の船倉に閉じ込められた一同は、水責めに遭う中九死に一生を得るが、邸宅に戻ると今度は大火事が発生しており、弟と令嬢が失踪する。関係者一同が南米に向けて出港しそうとの情報を得たマッキーと主人公は、一路、飛行機でニューアーク港に向かい、そこで遂に陰謀の黒幕と対峙する運びになる。

この第一作は残念ながら、失敗作と言わざるを得ず、混乱ぶりは目に余るものがあります。脈絡がはっきりしない中で大量の登場人物がドタバタ騒ぎをし、複数のプロットが収束せずに並行して描かれてしまいます。また、マッキーを始めとする捜査側の視点が欠けているため、伏線や推理が幅を利かせる余地はなく、なし崩し的に、これまで明らかにされていない事実が唐突に明かされることになり、フェアプレーの要素は全くありません。スコットランド人ということ以外には、マッキーのプロフィール紹介等も全くありません。

◎第二作　"Murder in the Mews（1931）"

何と若かりしマッキー警視とコンビを組むのは政治記者のホガースで、この二人の下に急報が入ったのは、置き捨てられたロールスロイスの中から、手足をロープで拘束された死体が発見されたため。眉間をぶち抜かれた男は、クールビューティと結婚したばかりのホガースの同窓生の家に出入りしていた男と判明し、この同窓生宅を訪れると、ドアが開いたままで誰もいないが、銃痕や血痕から、被害者はここで撃たれて、その後、死体発見場所まで運ばれたことが分かり、自動車から同窓生の指紋が発見されたことから同窓生の犯行と目される。しかし、犯行現場から口径が違う別の銃痕も発見されたことに疑念をいだいたマッキーは、捜査の網を広げるが、その夜、家探しをされた跡がある被害者宅の従者が射殺され、謎は深まる。同窓生や怪しい行動をしていたその夫人の弟が行方をくらましたままの中、恋人宅を訪ねたホガースは、そこに潜む同窓生を見つけ、恋人と同窓生は昔恋仲だったことを思い出し苦悩するが、同窓生を見つけたことをマッキーに告げるのを躊躇してしまう。捜査が進むうちに、被害者が実はフランスの大泥棒だったことが判明し、直前の盗みで得た大量の宝石が行方不明になっていることから、事件は異なる様相を見せ始めるが、宝石を持ち去ったと思われる同窓生夫人の弟が、恋人宅で射殺される。家から立ち去った同窓生を探して、たまたま射殺現場に居合わせた恋人もやがて誘拐され、ここからお話は二転三転の大捜索劇に発展していく……。

登場人物が大変多くて、以上の紹介の中で取り上げた人物の倍ぐらいの面々がとにかく動き回ります。お話は、前半はテンポの速い捜査劇を描いていくのですが、後半になると、恋人とホガースの二つの視点から交互にお話が展開され、本格ものというよりは、スピーディーなスリラー物的な流れとなり、乱歩もびっくりの通俗性を示し始めます。なにせヒキガエルそっくりの怪女が囚われの身となった美女に硫酸を垂らしながら拷問する様子が描かれたりするのですからね。最後に明かされる真相は予想どおりではありますが、一応、二転三転する仕掛けもあり、手に汗握るクライマックスまで目が離せません。惜しむらくは、マッキーにこれといった個性が見出せず、プロットは他の登場人物の魅力で支えられてしまうところでしょうか。

というわけで、第二作は、第一作に比べると格段の進歩を遂げているものの、マッキー警視シリーズの初期作は、未だ習作の感が強く、本作ほどのバランスの良さは感じられません。

3　マッキー警視シリーズ以外の作について

ライリーは、マッキー警視シリーズ以外にも、以下の七作（うち三作は、本名の Kieran Abbey 名義）のミステリをものにしています。

・*The Thirty-first Bullfinch*（1930）
・*Man with the Painted Head*（1931）
・*The Doll's Trunk Murder*（1932）
・*File on Rufus Ray*（1937）

As Kieran Abbey

・*Run with the Hare*（1941）
・*And Let the Coffin Pass*（1942）
・*Beyond the Dark*（1944）

このうち、作家としての処女作である *The Thirty-first Bullfinch* と、異色作で我が国にも戦前に抄訳で紹介されたことのある *File on Rufus Ray* は以下のようなものです。

◎ The Thirty-first Bullfinch（1930）

若手弁護士のシェイバーは、事務所のボスから、孤島に住む長年の顧客である富豪はいつ死んでもおかしくないと医者に言われているが、急に遺言状を書き換えたいと言ってきたので、様子をうかがってきてほしいとの依頼を受ける。富豪には息子が一人いるが仲が悪く、嫁を寵愛していたがその嫁が亡くなり、その後は、孫娘を溺愛し始めて、全財産をこの孫娘に残すとの遺言をしたためていたところ、息子は再婚し、美貌の後妻との間に息子ができて、この息子にも遺産を遺すよう、後妻から強く求められていた。シェイバーが現地を訪れると、富豪宅には、ヨーロッパから連れてきた主治医とその助手を務める若手医師がいて、富豪の病状を管理していた。若手医師と孫娘が恋仲となり、それが気に入らない富豪は、結婚に至った場合には、孫娘に遺産が行かなくなるように遺言を変更しようとして、その作業に取り掛かるが、署名まで至らない段階で時間切れとなる。富豪は、夜に完成させるから、再度自室を訪れるようシェイバーに命じるが、再訪すると、富豪は、毎晩欠かさず飲んでいた栄養飲料に入れられた青酸により毒殺されている。富豪は、毎晩、その栄養飲料をビスケットに浸してかわいがっていた小鳥（Bullfinch《ウソ》）に与えるのを日課にしていたのに、なぜか小鳥は死ぬことなくピンピンしていることに疑念が広がる。急報を受けて船で駆けつけた保安官が様々な手掛かりから捜査を続けるが、嵐により島は隔絶され、警察隊はなかなか到達せず、電話線も切断されてしまう。家族の面々は、当夜、全員不可解な動きをしており、特に孫娘は直前に台所に置かれていた飲料瓶に何かを入れていた姿を目撃されていて、遺言を書き換えられるのを恐れての犯行かと思われるが、若手医師の失踪や、シェイバーと保安官のコンビを狙った数度の襲撃等もあり、事件は混迷を深め、富豪の息子も正気を失ったような様子で彷徨を続け、謎は謎を呼ぶ。

本作は、前半にはそれなりの謎が提示されて本格風味もあるのですが、後半になると、一九三〇年代の処女作ということもあり、ＨＩＢＫ派の匂いが強くなってしまい、次々と事件は起こるものの、推理の要素は乏しく、なし崩し的に謎は解けていきます。終盤になると、罠にはまったシェイバーが船で沖合に連れ出され、海の藻屑に消えようとするのを、すんでのところで救出され、犯人の追撃にかかる場面など、スリリングで派手な展開には事欠かないのですが、真犯人は、この辺りで明示されていまい、結局は、面白く読める冒険活劇というラインを越えられていません。

◎ File on Rufus Ray（1937）

戦前の『新青年』に「ルーファス・レイ事件簿」という題名で抄訳されたもの。米国Morrow社から出たCrime File Series全四冊のうちの第二番に当たり、第一番のデニス・ホイートリーによる「マイアミ沖殺人事件」は翻訳も出て、その後文庫化までされて、それなりに話題になりました。これらは、Ａ４の大型サイズによる事件記録の体裁をとって、様々な公判資料や証拠がそのままの形で綴りこまれ、読んでいくうちに読者が陪審員や裁判官役を務める感覚が得られるように工夫されたものです。

本作は、悪徳離婚弁護士ルーファス・レイが深夜、横町で射殺体となって発見され、その友人達や部下、顧客等、動機を持つ人々の中から、地道な捜査活動によりアリバイ崩しが行われ、遂に真犯人逮捕に至るというもの。死体写真を始めとする各種写真、手紙やメモ、ボタンやシガーの灰等の遺留品、何枚もの結婚証明書やタコメーター等といった手掛かりが現物で綴られており、一八八頁目以降は封がなされて犯人当てが楽しめます。二センチ以上の厚さがあるファイルはボリューム充分で、地味な捜査活動振りが見てとれ、手掛かりはフェアに与えられています。

戦前の抄訳は雑誌の一部ですから、せいぜい写真等が多めに取り込まれている程度で、本作の狙いを満たすものとは到底いえませんが、現物そのままを模した大判の捜査書類が紐綴じとなった体裁の原書には、好きな人にはまさにたまらない魅力があり、現物と差がないように非常に細かいところまで注意が行き届いていて、その努力には敬服させられます。なお、このシリーズの第三番、第四番は、我が国でも人気のQ・パトリック（パトリック・クエンティン）によるものであり、内容的にも本格味が強いコレクターズ・アイテムとなっています。

4　本作について

内容については、読んでいただくのが何よりですが、最初に原書で本作を読んだ際の筆者の感想は以下のとおりでした。

「ＨＩＢＫ派の匂いが少し漂い、生粋の本格ものというよりは、フェミニン色が強いサスペンス&ロマンス系の作品ではありますが、謎は豊富で展開が早く、緊張感をもって読み進めることができます。しかも、行ったり来たりで登場人物のほとんどが容疑者とされて、もっともらしい手がかりが示された後、最後に明かされる真相は非常に意外性に富んでおり、伏線がやや不足気味ですが、独特の味わいがあります。マッキーはほとんど出番がなく、捜査に当たるのはその部下のトッドハンター刑事。でも、意外なめっけ物で、これは、期待できるシリーズものが1つ増えました。」

初期作に比べると、さすがに筆がこなれてきて、ストーリーもかなり整理され、捜査側についてもトッドハンター刑事がそれなりの役割を果たしており、単なるＨＩＢＫ派の域を上回っているように思えます。ただし、マッキーの印象が薄いのは相変わらずで、結局のところ、ライリーのマッキー登場作は、はたしてマッキーを探偵役としたシリーズものとして位置付けてよいのか、大いに疑問が残りますね。

〔著者〕

ヘレン・ライリー

別名にキーラン・アビー。1891年、アメリカ、ニューヨーク州生まれ。1914年に公立大学を卒業し、結婚してライリー姓となる。“The Thirty-first Bullfinch”（1930）や“Run with the Hare”（41）”など四十冊近い著書のうち、“The Diamond Feather”（30）を第一作とする〈クリストファー・マッキー警視〉シリーズが三十冊以上を占める。53年にはアメリカ探偵作家クラブの会長も務めた。1962年死去。

〔訳者〕

清水裕子（しみず・ひろこ）

英米文学翻訳家。訳書に『ケープコッドの悲劇』、『ハーバード同窓会殺人事件』、『ヘル・ホローの惨劇』、『アゼイ・メイヨと三つの事件』（以上、論創社）など。

欲得《よくとく》ずくの殺人《さつじん》

——論創海外ミステリ　326

2024年11月20日　初版第1刷印刷
2024年11月30日　初版第1刷発行

著　者　ヘレン・ライリー
訳　者　清水裕子
装　丁　奥定泰之
発行人　森下紀夫
発行所　論 創 社

〒101-0051 東京都千代田区神田神保町2-23　北井ビル
TEL:03-3264-5254　FAX:03-3264-5232　振替口座 00160-1-155266
WEB:https://www.ronso.co.jp

組版　加藤靖司
印刷・製本　中央精版印刷

ISBN978-4-8460-2397-3
落丁・乱丁本はお取り替えいたします